春华秋实
经典书系

钢琴上的黑白左右手

GANGQINSHANGDE

HEIBAIZUOYOUSHOU

经典美文阅读

蒋光宇◎著

北方联合出版传媒（集团）股份有限公司

万卷出版公司

2014年·沈阳

ⓒ 蒋光宇 2014

图书在版编目（CIP）数据

钢琴上的黑白左右手 / 蒋光宇著. —沈阳：万卷
出版公司, 2014.4
（春华秋实经典书系）
ISBN 978-7-5470-2314-3

Ⅰ.①钢… Ⅱ.①蒋… Ⅲ.①散文集－中国－当代
Ⅳ.①I267

中国版本图书馆CIP数据核字(2014)第038210号

出版发行：北方联合出版传媒（集团）股份有限公司
　　　　　万卷出版公司
　　　　　（地址：沈阳市和平区十一纬路29号　邮编：110003）
印 刷 者：北京中印联印务有限公司
经 销 者：全国新华书店
幅面尺寸：170mm×240mm
字　　数：155千字
印　　张：13
出版时间：2014年4月第1版
印刷时间：2014年4月第1次印刷
责任编辑：张雪娇　张洋洋
封面设计：范　娇
版式设计：范　娇
责任校对：侯俊华
ISBN 978-7-5470-2314-3
定　　价：19.80元

联系电话：024-23284090
邮购热线：024-23284050
传　　真：024-23284521
E－mail：vpc_tougao@163.com
腾讯微博：http://t.qq.com/wjcbgs
网　　址：http://www.chinavpc.com

　　蒋光宇,《读者》签约作者,发表文章 5000 余篇,其中有 500 多篇被收入各种选本。至今已出版《一沙一世界》《一滴一海洋》《一事一机缘》《灵犀顿悟》《走出人生的低谷期》等 27 本文集。

　　蒋光宇的作品多表现人生智慧与生存智慧,在千变万化的情境中,透视着心灵的崇高与渺小,体验着生活中的酸甜苦辣。他的语言精致、雄辩,蕴含着丰富的哲思,令人信服。他的作品频频出现在《读者》《意林》《格言》《青年文摘》《海外文摘》等畅销期刊上,更被频繁选用为全国高考、各省市高考、中考试卷的阅读材料和作文背景材料,有的甚至被选入中小学语文教材。如作品《厄运打不垮的信念》被选入苏教版《语文》教材五年级上册;作品《希望与失望》被选入国务院侨务办公室和中国海外交流协会委托暨南大学华文学院,为海外华裔青少年编写的《中文》(初中版)教材第三册;作品《把木梳卖给和尚》被选入人教版普通高中课程标准实验教科书《思想政治1》(经济生活）的教师教学用书，还被长江文艺出版社选入《百年百篇经典微型小说》（1901-2000）。他的作品处处体现出哲人的思索与智者的感悟，是根植于现在中国的文化土壤而深入到生命深处的对生命意义与人生价值的探索。

本书收录了蒋光宇最优秀的作品。为了青少年阅读更加方便，领悟更加深刻，我们在每篇作品前都添加了导读，或介绍作品的主要内容，或分析作品想要表达的中心思想，文字不多，却足以让读者更加全面地了解作品。希望本书能丰富青少年的内心，成为青少年朋友学习的好伙伴。

心愿与期盼

　　这本从几千篇发表作品中精心挑选的文集，是送给读者朋友的礼物。

　　它难免有各种各样的不足与缺憾，但一定有呕心沥血的求索与锤炼。

　　它不能代替你成熟，但能激励你成长。

　　它不能代替你食鱼，但能激励你捕鱼。

　　它不能代替你得到尊重，但能激励你善待他人。

　　它不能代替你选择朋友，但能激励你爱惜友谊。

　　它不能代替你多谋善断，但能激励你能方善圆。

　　它不能代替你肩挑道义，但能激励你一身正气。

　　它不能代替你达到目的，但能激励你脚踏实地。

　　它不能代替你赢得荣誉，但能激励你竭尽全力。

　　它不能代替你功成名就，但能激励你奋发进取。

它不能代替你出类拔萃，但能激励你超越自己。

　　它不能代替你爱不释手地阅读，但能激励你发掘善良、正直与智慧的珍宝。

　　它不能代替你深谋远虑地思考，但能激励你寻找做人、处事与成功的向导。

　　它不能代替你成为伟大超凡的圣人，但能激励你成为高尚幸福的好人。

　　这就是我的心愿，这就是我的期盼。

蒋光宇

2014年3月5日

目 录

第四辑　阳光心态

第五辑　梦想在汗水中成真

钢琴上的黑白左右手

当上帝把一个看似不可能实现的梦想放在我们心中的时候，就已经是对我们的莫大关爱了。

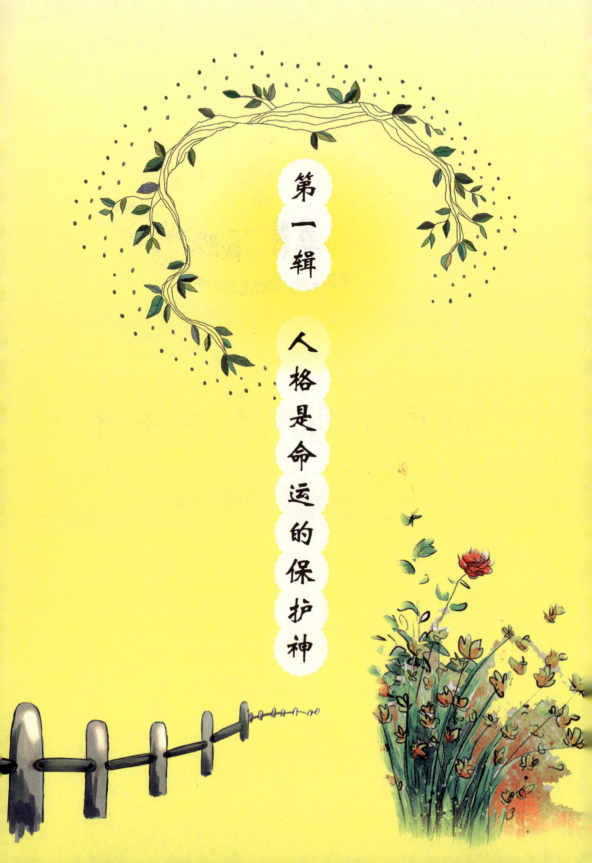

第一辑

人格是命运的保护神

古往今来，人们一直在探索成功之路。纵观历史风云人物，虽各有千秋，但仔细分析不难发现，成功之人都有一个共同的特点，那就是他们都具有高尚的人格。

高尚的人格能够成就高尚的命运。命运总是不可抗拒地降临，不要以为跪在地上，就会因为矮了一截而躲开命运的狂风。具有高尚人格的人会站得更直，会毫不惧怕地迎接命运的挑战。高尚的人格能够成就高尚的事业。也许我们现在处在最平凡、最不起眼的工作岗位上，但只要我们坚定信心，全心全意地为人民服务，最终一定会成就一番高尚的事业。高尚的人格就如同一座不朽的灯塔，永远闪耀着炽热的光辉，照亮人生的航程。

叔本华说："完美的人格，高尚的品德，是从实际生活中锻炼出来的。"其实，一个具有高尚人格的人，也会得到更多好运的青睐，从而也更容易成功。

人格是命运的保护神

导读:

　　爱因斯坦说:"不管时代的潮流和社会的风尚怎样,人总可以凭着自己高贵的品质,超脱时代和社会,走自己正确的道路。"高尚的人格,不仅会为自己赢来尊重,而且还会给人带来幸运。本文描写了诺贝尔和平奖获得者勃兰特、一代伟人周恩来等人的事例,叙写了高尚人格的魅力。

　　1970年12月6日，波兰的首都华沙寒气逼人。来访的联邦德国总理勃兰特向华沙无名烈士墓献完花圈之后，来到华沙犹太人殉难者纪念碑前的广场。突然，他双膝着地，跪在了纪念碑前！他是向二战中被德国纳粹屠杀的510万犹太人表示沉痛哀悼，为纳粹时代德国所犯下的罪孽深感负疚，虔诚地认罪赎罪。勃兰特此举震惊了世界，尤其震撼了德国人的灵魂。当时的民意调查显示，有80%的德国人非常赞赏此举，认为这种出乎意料的方式更充分地表达了德国人悔罪的诚意。此举也赢得了波兰人民的理解和信任，认为它为"结束一段充满痛楚与牺牲的罪恶历史"迈出了重要的一步。1971年的诺贝尔和平奖授予了勃兰特。

　　1976年1月8日，周恩来逝世。9日凌晨5点，联合国总部大厅的联合国大旗降了半旗，所有联合国会员国的国旗，都不升起。这在联合国从无先例。因此，有的国家大使提出质问：我们国家的元首去世，联合国大旗依然升得那么高，中国的第二首脑去世，联合国降半旗还不算，还把其他国家的国旗收起来，这是为什么？当时的联合国秘书长瓦尔德海姆说："为了悼念周恩来，联合国下半旗，这是我的决定。原因有二：一、中国是个文明古国，她的金银财宝多得不计其数。可是她的总理周恩来在国际银行没有一分钱的存款！二、中国有10亿人口，可是她的总理周恩来没有一个孩子！你们任何一个国家元首，如能做到其中一条，在他去世时，总部也可以为他降半旗。"全场人默然。

　　阿根廷政府最近作出一项特别决定，向在第二次世界大战期间做出过重要贡献的辛德勒遗孀埃米莉·辛德勒夫人每月提供1000美元的生活补贴，以使这位老人安度晚年。埃米莉·辛德勒夫人在第

二次世界大战期间，曾与丈夫一起冒着生命危险从德国法西斯集中营里救出1200名犹太难民。他们的这段传奇经历，后来被美国导演斯皮尔伯格搬上银幕。电影《辛德勒的名单》真实、成功地录下了这段历史，荣获奥斯卡大奖，辛德勒夫妇的事迹也因此被世人广泛传颂。二战结束后，辛德勒夫妇于1949年来到阿根廷首都布宜诺斯艾利斯的圣维森特区定居。1974年丈夫去世后，独居此地的埃米莉因缺少收入来源，经济开始拮据，生活困难。阿根廷的内政部长科拉奇在总统府接见了埃米莉·辛德勒夫人，并向她宣布了这项由梅内姆总统特批的决定。

在重大的历史事件面前，在尖锐的意见分歧面前，在衰老的生存困难面前，是什么有如神助的力量保护了人的命运？甚至保护了民族、保护了国家的命运？是什么有如神助的力量能够使不同语言、不同肤色、不同民族、不同国家的人民消除隔阂、形成统一的思想和意志？是善良的力量，是正义的力量，是进步的力量，是推动历史车轮向前发展的人民群众的力量。而人格的力量，就是这些力量的集中体现。人格是个人的道德品质，也是个人的性格、气质、能力等特征的总和。不可否认，具有高尚人格的人也可能遭遇厄运和不幸。但是，具有高尚人格的人宁可遭遇厄运和不幸，也绝不会放弃高尚的人格，因为他们并不是为了得到回报才保持高尚的人格。积善多者，虽有一恶，是为失误，不足以亡。积恶多者，虽有一善，是为误中，不足以存。从历史的观点看，从发展的观点看，从全局的观点看，高尚的人格无疑是命运的保护神。

没有高尚的人格，便没有高尚的事业。

没有高尚的人格，便没有高尚的命运。

人命关天的礼貌

导读：

　　应当自小养成使用礼貌用语的习惯，对此，人人皆知。然而"谢谢你""对不起""请"这些礼貌用语，并不是所有人都能恰当地使用。礼貌又不仅仅局限于礼貌用语这么简单。一个人的综合素质，文化修养，在生活细节中处处可以体现。作者在本文中举了关于礼貌的正反两方面事例，来阐明礼貌的重要性。忽略礼貌，让人寒心；注重礼貌，挽救生命。

一艘载有数百人的大型游船在湖中失火沉没，许多人遭到厄运，只有九十人幸运生还。

游客中有一位游泳健将，他竭尽全力来回游了数趟，连续救起二十个人。

他终因过度劳累，双脚严重抽筋而导致溺水昏迷。他醒来的第一句话是："我尽力了吗？"

非常不幸，他因伤势严重而残废，不得不终身坐在轮椅上。

几十年后，在庆祝他生日的那天，有人问他："一生中最深刻的记忆是什么？"

他感伤地说："是那被我救起来的二十个人中，竟没有一个人来向我道谢！"

感恩是不是小德暂且不论，但使人泯灭良心的忘恩却应视为大恶。这件憾事不能不让人深思：被救的二十个人为什么对救命恩人连一句感谢的话也不说？如果当时来不及感谢，事后为什么一直不补上？假如还是这些人又遇到了同样的不幸，游泳健将还会不会再次救起这二十个忘恩负义的生命？……

从没人道谢的这件小事，自然地联想起另一件道早安的小事。

1930 年，传教士西蒙·史佩拉，每日清晨都在乡村的田野中漫步。无论是谁，只要相遇，他都会热情地打招呼和问好。

春华秋实经典书系

其中有个叫米勒的农夫，是他每天打招呼的对象之一。米勒住在小镇的边缘，史佩拉每天漫步时都看到他在田里勤奋地劳动。这位传教士总是对他说："早安，米勒先生！"

当传教士第一次向米勒道早安时，这个农夫只是转过身，像一块石头般地又臭又硬，无动于衷。在这个小乡镇里，犹太人和当地

居民相处得并不太好，成为朋友的更是寥寥无几。不过，这并没有妨碍或打消史佩拉传教士的勇气和决心。日复一日，他坚持以温暖的微笑和热情的声音向米勒打招呼。终于有一天，米勒向传教士举举帽子示意，脸上也露出了一丝笑容。

年复一年，每天早上史佩拉都会高声地说："早安，米勒先生！"米勒也会举举帽子，高声地回道："早安，西蒙先生！"这种友好的习惯一直延续到纳粹党上台为止。

史佩拉全家与村中所有犹太人的命运一样，都被纳粹党关进了集中营。史佩拉被关进的最后一个集中营，是奥许维滋的集中营。

从火车上被赶下来之后，史佩拉就在长长的行列之中等待发落。在行列的尾端，史佩拉远远看见营区的指挥官拿着指挥棒一会儿向左指，一会儿向右指。他知道发配到左边的就是死路一条，发配到右边的则还有生还的机会，指挥官有权将犹太人轻而易举地送入焚化炉。他的心怦、怦、怦地跳着，越接近指挥官，跳得就越快。快要轮到他了，什么样的判决会轮到他？是左边还是右边？指挥官到底是个什么样的人？他怎么能在一天之中将千百人送入地狱？

他听到指挥官叫自己的名字，突然之间血液冲上他的脸庞，恐惧消失得无影无踪了，两个人熟悉的目光相遇了。

史佩拉平静地朝指挥官说："早安，米勒先生！"米勒听到招呼时，面部突然抽动了几秒钟，然后也平静地回答："早安，西蒙先生！"接着举起指挥棒，向右一指说："右！"他一边喊一边不自觉地点了点头。"右！"——不是死亡，而是生还。

"道早安"或"不道谢"，也许都是有无礼貌的区区小事，但是不可否认，有些时候有无礼貌又确实是生死予夺、人命关天的大事。

才智需用谦虚镶嵌

导读:

泰戈尔说:"当我们大为谦卑的时候,便是我们最近于伟大的时候。"谦虚使一个人的才智更具魅力,自负使一个人的才智产生斥力。本文分别列举了左宗棠与乾隆帝的事例,有异曲同工之妙。两段趣闻所隐含的哲理不言自明,谦虚为才智锦上添花。

清朝名臣左宗棠喜欢下棋，而且棋艺高超，很少碰到对手。

左宗棠在西征新疆途中，有一次微服出巡，在兰州街上看到一个摆棋阵的老人，其招牌上醒目地写着几个大字："天下第一棋手"。他觉得老人实在是过于狂妄，于是立刻上前挑战。没有想到，老人不堪一击，连连败北，原来只不过是徒有虚名而已。

左宗棠春风得意，命老人赶紧把那块招牌砸了，不得再夜郎自大、丢人现眼了！

光阴似箭。当左宗棠从新疆平乱回来的时候，看到老人依然如故，"天下第一棋手"的招牌照旧悬在那里，心里很不高兴，决心狠狠地教训教训不自量力的老头子！

左宗棠又跑去和老人下棋，但是出乎意料，这次自己竟被杀得落花流水，三战三败，难有招架之力。他不服，第二天又去再战，然而败得更惨。

他很无奈，惊讶地问老人："为什么在这么短的时间内，你的棋艺竟能进步如此地快？"

老人微笑着回答："大人虽是微服出巡，但我已得知你是左公，而且即将出征，所以存心让你赢，让你信心百倍地去建立大功。如今你已凯旋归来，我便无所顾忌，也就不必过于谦让了。"

真是山外青山楼外楼，能人后面有能人。左宗棠听后，心服口服，深感惭愧。

无独有偶，历史有惊人的相似之处。清朝乾隆皇帝酷爱下棋。一天，他率大军出征边关，路过聚贤镇，见一宅院门楣上高悬"棋界大王"的金匾，心中不悦，遂令停辇传宅主回话。

一位七旬老翁到辇前跪下启奏："因喜对弈，村镇未逢敌手，故村民以匾相赠，望万岁海涵。"

乾隆听罢，对老翁说："愿同朕对弈吗？"

"小老儿岂敢同万岁对弈。"

乾隆说："下棋本是益智之事，朕不怪就是。"于是，乾隆入宅同老者对弈起来。只十几步，乾隆就占了上风，不一会儿，便把老者杀得片甲不留。乾隆冷笑责道："朕念你寿高，摘掉匾牌，不许再称'棋王'。"

老者伏地叩头请罪。

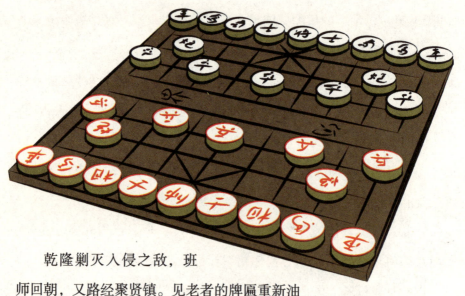

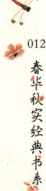

乾隆剿灭入侵之敌，班师回朝，又路经聚贤镇。见老者的牌匾重新油漆、书写，金光闪闪，气得七窍生烟，便传旨缚老者来问罪。老者坦然跪在辇前。

乾隆道："大胆刁民，牌匾为何重新油漆、书写！"

老者说："启禀万岁，小老儿自知欺君之罪，当灭九族。只是上次与万岁对弈输棋，是因为没有施展出真实本事，所以专候万岁凯旋回朝，小老儿冒死相请，再赌输赢。"

乾隆虽心中不高兴，但想到老者不服，也许真有绝技，不如再对弈。如果他输了，那时再治罪也不迟。于是，乾隆又与老者入宅对弈。

不过，这次是老者12岁的孙子与乾隆对弈。乾隆本想施绝技，速战速决，置小孩子于死地。没想到小孩出手不凡，只十几步就把乾隆杀的捉襟见肘。老者一边观看，一边担心孙子把皇帝"将"成死棋，不好下台。恰好此时一阵风把几片落花吹到棋盘上，老者乘拾花之机偷掉孙儿的一个棋子。聪明的孙子领悟爷爷的用心，故意走出破绽，让皇帝吃了二子，最后走成和棋。

乾隆连连称赞小孩的棋艺。当他得知小孩师从其爷之时，便道："前次对弈，为何输棋呢？"

老者回答："因万岁亲自出征，应每战必捷。小老儿宁可败棋，也要祝万岁棋（旗）开得胜，马到成功呵！"

乾隆暗叹："聚贤镇果然名不虚传！山野之民，竟如此通晓大义。"于是令人取来文房四宝，御笔亲书"棋界圣手"四个大字，以示奖赏。

老者的一番策划，既让乾隆暗悟"棋界大王"的厉害，又不伤及皇帝的体面。世事如棋，可知其功力之深。

一个人的才智，其实是个变数。谦虚使一个人的才智增值，自负使一个人的才智贬值；谦虚使一个人的才智增色，自负使一个人的才智逊色；谦虚使一个人的才智更具魅力，自负使一个人的才智产生斥力。

高贵者最愚蠢，卑贱者最聪明。下下人有上上智，上上人有下下智。才智就像是宝石，如果用谦虚来镶嵌，就会更加灿烂夺目。

林肯驾驭愤怒

导读：

　　真正的强者是能够驾驭自己的情绪的。在日常生活中，我们可以通过加强自我修养有效地驾驭自己的情绪，而这也正是人比许多灵长类动物聪明和高贵的地方。文中林肯以写信的方式抑制愤怒为例，讲明林肯的高妙之处。或许，控制住了情绪，你看不到明显的效果，但是情绪爆发后的恶果是难以想象的。

一天，陆军部长斯坦顿来到林肯总统那里，气呼呼地对他说，一位少将用侮辱的话指责他偏袒一些人。

林肯总统建议斯坦顿写一封信，无情地回敬那个家伙："可以狠狠地骂他一顿。"

斯坦顿立刻写了一封措辞尖刻的信，然后拿给林肯总统看。

"对了，对了。"林肯总统高声叫好，"要的就是这个！好好训他一顿，真是写绝了，斯坦顿。"

但是，当斯坦顿把信叠好装进信封里时，林肯总统却叫住他，问道："你要干什么？"

"寄出去呀。"斯坦顿有些摸不着头脑了。

"不要胡闹。"林肯总统大声说，"这封信不能发，快把它扔到炉子里去。凡是生气时写的信，我都是这么处理的。这封信写得很好，写的时候你已经解了气，现在感觉好多了吧，那么就请你把它烧掉，再写第二封信吧。"

林肯认为，人总是有憋气窝火的时候，这种不满情绪堆在心中是有害的，反击回去或发泄给别人，以眼还眼，以牙还牙，都不是上策。持续的愤怒会变成仇恨，持续的仇恨会变成愚蠢。愤怒一旦与愚蠢携手并肩，后悔莫及就会接踵而来。

林肯总统自己也遇到过类似的情况。南北战争接近尾声时，南部的李将军节节败退。林肯总统眼看胜利即将来到，要求部队指挥官米德将军马上乘胜追击；然而，米德将军一直犹豫不决，迟迟没有动作，反而花了许多时间和部属召开军事会议，议而不决。等到他终于要出兵时，敌军早已逃之夭夭，不知去向了。

林肯总统对这种后果极其愤怒，给米德将军写了一封措辞十分严厉的信，表达其心中的强烈不满。信是这样写的：

亲爱的将军：

我相信你不会对南方将领罗伯特·李平安逃遁这一严重事件无动于衷。他原已在我军铁腕之中，作为我军最近一系列军事努力的结果，这次擒住他本可结束战争，严酷的事实是这场战争还将无可预测地继续下去。因为如果你在上星期一那样的大好时机都未能成功击溃李，又如何能在河南以三分之二的兵力达到这一目的呢？寄此希望是不现实的，我预料你不会有重大战果。大好战机的白白失去，我实在为此痛心疾首。

米德读了这封信的反应如何？不知道。因为他并没有收到这封信！林肯总统写完信，把它收了起来，没有寄出去。直到他遇刺身亡，人们才在他的档案中发现了这封信。

林肯总统虽因一时气愤，写了这封信，但是他冷静考虑了寄出这封信的后果，最后还是决定把它束之高阁。

愤怒就像一把双刃剑，有时候是勇敢和美德的武器，有时候则是吹灭理智之灯的狂风。勇者愤怒时，抽刃向更强者；怯者愤怒时，抽刃向更弱者。智者愤怒时，讲究斗争艺术；愚者愤怒时，只会一味发泄，甚至伤害无辜。人，应该支配愤怒，做愤怒的主人，而不能被愤怒所支配，做愤怒的奴隶。

守时就是信誉

导读：

  康德被认为是现代欧洲最具影响力的思想家之一，也是启蒙运动最后一位主要哲学家。他生活中的每一项活动，如起床、喝咖啡、写作、讲学、进餐、散步，时间几乎从没有过变化，就像机器那么准确。每天下午3点半，康德先生便会踱出家门，开始散步，邻居们纷纷以此来校对时间。文中所述事例，只是康德生活中最平常的事情，却足以证明这位思想家的人格信誉。每个人的人生中都有一些必须恪守的信条，守时便是其中一项。

1779 年，德国哲学家康德计划到一个名叫珀芬的小镇，去拜访老朋友威廉·彼特斯。康德动身前曾写信给彼特斯，说自己将于 3 月 2 日上午 11 点钟之前到达。

康德 3 月 1 日就赶到了珀芬小镇，第二天早上租了一辆马车前往彼特斯的家。老朋友的家住在离小镇 12 英里远的一个农场里，小镇和农场中间隔了一条河。当马车来到河边时，细心的车夫说："先生，实在对不起，不能再往前走了，因为桥坏了，很危险。"

康德下了马车，看了看桥，中间的确已经断裂了。河面虽然不宽，但水很深，而且结了冰。

"附近还有别的桥吗？"康德焦虑地问。

车夫回答说："有，先生。在上游 6 英里远的地方还有一座桥。"

康德看了一眼怀表，已经 9 点半了。

"如果赶那座桥，我们以平常速度什么时候可以到达农场？"

"我想大概得 12 点钟。"

康德又问："如果我们经过面前这座桥，以最快速度什么时间能到达？"

车夫回答说："最快也得用 40 分钟。"

康德跑到河边的一座很破旧的农舍里，客气地向主人打听道："请问你的这间房子要多少钱才肯出售？"

农妇大吃一惊："您想买如此简陋的破房子，这究竟是为什么？"

"不要问为什么，您愿意还是不愿意？"

"那就给 200 法郎吧！"

康德付了钱，说："如果您能马上从破房上拆下几根长木头，20 分钟内把桥修好，我将把房子还给您。"

春华秋实经典书系

农妇把两个儿子叫来，让他们按时修好了桥。

马车平安地过了桥，飞奔在乡间公路上，10点50分康德赶到了老朋友的家。

在门口迎候的彼特斯高兴地说："亲爱的朋友，您可真守时啊！"

康德在与老朋友相会的日子里，根本没有对其提起为了守时而买房子、拆木头过河的经过。

后来，彼特斯在无意中听到那个农妇讲了此事，便很有感慨地给康德写了一封信。信中说道："您太客气了，还是一如既往地守时。其实，老朋友之间的约会，晚一些时间到是可以原谅的，何况您还遇到了意外。"

一向一丝不苟的康德，在给老朋友的回信中写了这样的一句话："在我看来，无论是对老朋友，还是对陌生人，守时就是信誉。"

钢琴上的黑白左右手

导读：

　　爱与合作，常常给人温暖，还会在特殊的情境下，迸发出奇迹的力量。这篇关于爱、关于合作、关于奇迹的文章，感染了很多人，也震撼了很多人。文章多次被中小学读本选入，不仅仅是让人通过阅读去理解，更重要的是传达。只有大爱、互助被广泛传播，陌生人之间才会存在温暖，每一个身处逆境的人才会少一分遗憾。

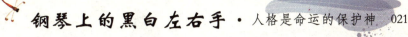

人类既是最大的互相残杀之源，也是最大的互相帮助之源。瓜无滚圆，人无十全。红花还得绿叶扶，天底下哪能有不需要帮助的人。

1983年春天，玛格丽特·帕崔克走进"东南老人疗养中心"，开始了她的物理治疗的疗养生活。

米莉·麦格修是一位细心的中心员工，当她向玛格丽特介绍疗养中心基本情况的时候，注意到玛格丽特盯着钢琴看的那一霎时，流露出异常痛苦的神情。

"怎么了？"米莉关切地问。

"没什么，"玛格丽特柔声说，"只是看到钢琴，勾起了我的许多回忆……"

米莉一边默默聆听眼前这位黑人钢琴演奏家谈起她音乐生涯的辉煌过去，一边不禁为玛格丽特残废的右手深感惋惜。

"你在这里稍等一下，我马上就回来。"米莉突然有所醒悟地说。

过了一会儿，她回来了，身后紧跟着一位娇小、白发、带着厚重眼镜的白人妇女。

"这位是玛格丽特·帕崔克。"米莉帮她们互相介绍，"这位是露丝·艾因柏格，也曾是优秀的钢琴演奏家，但现在跟你一样，自从中风后，就没办法弹了。艾因柏格太太有健全的右手，而玛格丽特太太有健全的左手，我有种预感，只要你们默契合作，一定可以弹奏出极其优美的作品。"

"你熟悉肖邦降D调的华尔兹吗？"露丝客气地问。

玛格丽特点点头："非常高兴能认识您，我们的确可以试一试。"

于是，两人并肩坐在钢琴前的长椅上。键盘出现两只健全的手：一只是黑色的手指，另一只是白色的手指。这黑白左右两只手，流畅、

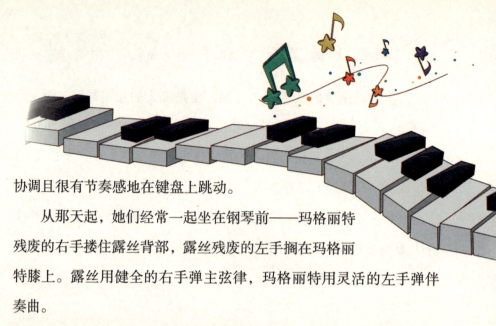

协调且很有节奏感地在键盘上跳动。

从那天起，她们经常一起坐在钢琴前——玛格丽特残废的右手搂住露丝背部，露丝残废的左手搁在玛格丽特膝上。露丝用健全的右手弹主弦律，玛格丽特用灵活的左手弹伴奏曲。

她们同坐在钢琴长椅前，共享的东西不只是音乐，除肖邦、贝多芬和施特劳斯的音乐外，她们发现彼此的共通点比想象的要多得多——两人在丈夫去世后都过着单身的生活，两人都是很好的祖母，两人都失去了儿子，两人都有颗奉献的心。但若失去了对方，她们独自演奏钢琴是根本不可能的。

露丝听见玛格丽特自言自语地说："我被剥夺了演奏钢琴的能力，但上帝给了我露丝。"

露丝诚恳地对玛格丽特说："这5年来，你也深深地影响、温暖了我，是上帝的奇迹将我们结合在一起。"

随着时间的推移，她们的演奏越来越完美，在电视上，在教堂里、在学校中，在老人之家，在康复中心，频频露面，备受欢迎，甚至可以说是超过了辉煌的过去。因为她们不仅使听众、观众感受到音乐的快乐，更使听众、观众感受到爱的力量。

当灾难降临的时候，一个人的力量往往是如此的渺小，一筹莫展，束手无策。学学玛格丽特和露丝吧，她们的故事让我们懂得了：爱能使我们相互扶持，爱能使得我们创造奇迹！

选择宽容

导读：

　　莎士比亚在他的著名戏剧《威尼斯商人》中曾说过："宽容就像天上的细雨滋润着大地，它赐福于宽容的人，也赐福于被宽容的人。"宽容是一种修养，更是一种美德。本文分别列举了唐代宗和宋太宗宽以待人的两件小事，对后人有很深的借鉴作用。当然，宽容并不意味着一味地忍让，但也不能一味地刻薄，我们还需权衡这其中的"度"。

唐代宗大历二年的一天，大将郭子仪的儿子郭暧与妻子开平公主吵架。冲动的郭暧口出狂言："你倚仗你父亲是皇帝，就觉得有什么了不起吗？我父亲还不愿意当皇帝呢！"

言者无意，听者有心。正在气头上的开平公主听后如火上浇油，立刻乘车赶回皇宫向父皇告状。

唐代宗听了开平公主的哭诉，不但没有为女儿撑腰，反而替郭暧说话："孩子，你有所不知，你公爹确实是不愿做皇帝。要不是这样的话，李氏的天下早就姓郭了。"

郭子仪听说这件事后，气得浑身发抖，立刻命人将郭暧五花大绑，亲自带他到皇帝面前去请罪。

代宗皇帝见后，赶忙将郭子仪请到内宫，安慰道："俗话说，不痴不聋，难做大家庭的老翁。小夫妻俩在闺房里说的气话，你作为国家的重臣怎么能去追究呢？"一场犯上大祸，就这样无声无息了。

同唐代宗不计较郭暧的冒犯一样，宋太宗也巧妙地宽容了两位重臣的冒犯。

有一天，殿前都虞侯孔守正和另一位大臣王荣，同在北陪园侍奉宋太宗饮酒。当孔守正喝得酩酊大醉之时，便和王荣在皇帝面前争论起守边的功劳来。二人越争越激动，越争越气愤，竟然将宋太宗晾在一边，理也不理，完全失去了为臣者应有的礼节。

侍臣实在看不下去，就奏请宋太宗，将两人抓起来，送到吏部去治罪。宋太宗平静地笑了笑，不但没有同意，而且吩咐人把他们照顾好，分别送回家去。

第二天，二人酒醒之后，深为昨天的鲁莽行为而懊悔，不禁后怕。于是，他们一起赶到金銮殿向皇上请罪。

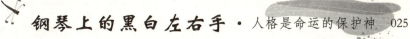

　　出乎意料,宋太宗对昨天两人的行为表现出一副全然不知的样子,说道:"朕也喝醉了,实在记不得发生过这些事情。"

　　他们走后,侍臣不解地问宋太宗:"您明明没喝醉,为什么说自己也喝醉了呢?"

　　宋太宗说:"编个喝醉了的理由,对他们的冒犯不加追究,既没有丢失朝廷的面子,又能让两位大臣警觉自己的言行,能达到惩前毖后的作用也就够了。"

　　唐代宗与宋太宗这两件宽以待人的小事,之所以能成为流传千古的佳话,大概是因为确有其难能可贵的借鉴作用吧。

　　不错,人不能一味地宽容,因为那将失去原则,失去自己的尊严,但更不能一味地刻薄,因为那将失去善良,失去别人的尊严。宽容不仅表现为一种胸怀,而且表现为一种睿智;刻薄不仅表现为一种狭隘,而且表现为一种短视。宽容往往产生宽容,刻薄往往产生刻薄。宽容者让别人愉悦,自己也快乐;刻薄者让别人痛苦,自己也难受。宽容者像充满生气的春风,令人亲近;刻薄者像充满杀气的秋风,令人躲避。一般地说,与其选择刻薄,不如选择宽容。

爱的力量

导读：

爱是生命的火焰，失去了爱，世界将充满黑暗和严寒，有了爱的世界，才会充满光明和温暖。本文为我们讲述了一个关于爱的感人故事，从这个故事中我们领悟到爱具有多么大的感染力，它从一个人传到另一个人的身上，让饥寒交迫的人感到人间的温暖，让濒临绝境的人看到希望，人世间最温暖的力量就是爱。

巴鲁卡是英国考文垂市的一位房地产商。1979年，他的妻子玛莎生了个男孩，取名霍金斯。

2000年3月6日，21岁的霍金斯在驾车去田野写生时不幸遭遇了车祸。临去世之前，心地善良、乐于助人的霍金斯已说不出话来，但在父亲递给自己的纸条上写下了这样的遗言："爸爸妈妈，我爱你们！请帮我捐献眼角膜，让我的眼睛能再次看到这个世界的阳光！"遵照儿子的遗愿，巴鲁卡和玛莎夫妇将霍金斯的眼角膜捐献给了一家器官移植机构。

2000年12月17日的深夜，一个蒙面歹徒闯进了考文垂市郊的一座加油站，不仅用匕首刺伤了两个工作人员，而且残忍地用枪重伤了一个巡逻至此的警察，同时还抢走了许多现金。警方破案有方，很快就将年仅20岁的凶手齐瓦特逮捕归案。

让人很难想到，善良人捐献的眼角膜竟然用到了罪犯的眼睛上。凶手齐瓦特于2000年3月做了眼角膜移植手术，而那眼角膜恰恰是霍金斯捐献的。

对此，霍金斯的父亲感到非常愤怒，立即给报社写信，强烈谴责那家器官移植机构。而器官移植机构的负责人则十分委屈地辩解说，医院没有义务去调查接受器官移植患者的个人品德，只能是按着患者的登记先后顺序来决定谁来接受移植。

蹲在临时羁押所里的齐瓦特，从看守递给他的报纸上得知，捐献眼角膜的霍金斯是一个非常优秀的青年，他被霍金斯的出众才华和热心帮助别人的种种事迹所感动。尽管他受到了良心的强烈谴责，但国法无情，2001年4月11日，齐瓦特被判终身监禁。

有一天，巴鲁卡夫妇来到监狱探望齐瓦特。玛莎太太哽咽着说："我们是来看儿子的！因为，你的生命中有我儿子的一部分。如果你能够洗心革面，重新做人，我们可以原谅你。"巴鲁卡先生将霍金斯临死前写的那张纸条递给齐瓦特看。当齐瓦特读到"让我的眼睛能再次看到这个世界的阳光"时，他泪如泉涌，并立下誓言："如果我死了，我愿意无偿捐献自己身上一切有用的器官，给那些需要它们的人，以此来偿还我欠下的血债。"但是，人们很难相信齐瓦特的誓言。

2001年8月5日，警方用一辆警车将齐瓦特和几名重犯转移到另一所监狱，途中意外地发生了车祸。当齐瓦特爬出车厢时，看到3个重犯已控制了两名受重伤的警察，并用抢来的钥匙解开了手脚上的镣铐。齐瓦特知道，自己无力强行制止他们继续犯罪的行为。于是，他急中生智，假意附和他们，用钥匙解开镣铐，然后出其不意地将警察掉在地上的自动步枪抢到手中，突然用枪口逼迫企图逃跑的重犯放弃罪恶的企图。在与3个重犯的拼死搏斗中，他击毙了其中的1个，却被另外两个刺伤了腹部。由于巡警的意外出现，才制服了罪犯，将受重伤的警察和齐瓦特送进医院抢救。

事后，许多媒体记者都要采访齐瓦特，但都被医院和警方拒绝了，因为他还没有脱离危险。记者几乎都想知道这样一个问题："齐瓦特为何不顾生命安危而与3个重犯进行拼死的搏斗？"

医院和警方决定将这个问题写在纸上，由护士转告齐瓦特。他看完之后，吃力地写下了下面的话："我在车祸现场见到了遍地的鲜血，不由自主地想到了将眼角膜捐献给我的霍金斯。我不能让霍金斯失望，不能让他看到的只是罪恶和黑暗。"

巴鲁卡夫妇从新闻中得知了齐瓦特的情况后，急匆匆地赶到医院探望。但是他们没有想到，齐瓦特已经永远地离开了他们。警方向他们详细地介绍了齐瓦特牺牲前后的表现，并转交了齐瓦特留给他们的信。那信中写道：

"我是一个孤儿，在这个世界上没有任何亲人。是爱的力量，是霍金斯的爱，是你们的爱，挽救了我这个罪犯的灵魂，改变了我这个罪犯的生命。我向你们提出一个请求：如果我死了，帮助我把自己身上的一切有用器官，无偿地献给那些需要它们的人……"

"我要用中文"

导读：

苏霍姆林斯基说："热爱祖国，这是一种最纯洁、最敏锐、最高尚、最强烈、最温柔、最有情、最温存、最严酷的感情。一个真正热爱祖国的人，在各个方面都是一个真正的人。"丁肇中，作为一名华人科学家，他深切地热爱着自己的祖国。虽然科学是没有国界的，它是属于全人类的财富，但是科学家是有祖国的。

丁观海是丁肇中的父亲，1934年毕业于当时的国立山东大学中文系，后到美国密歇根大学学习土木工程。王隽英是丁肇中的母亲，当年也在美国留学。他们身在海外，心系祖国，一心想把丁肇中生在中国，但是因为早产这个意外，丁肇中成了地地道道的美国公民。

在20世纪70年代之前，物理学界一直认为物质的最小结构是由3种夸克组成，但是丁肇中却不相信只有三种。他通过长期艰苦的探索，终于找到了组成物质的第4种最小结构。因为中文的"丁"与英文的"J"很相像，所以丁肇中便把这个新发现的粒子命名为"J粒子"。

1976年10月18日，丁肇中因此获得了诺贝尔物理学奖，当时他只有40岁。

美国总统福特在发给丁肇中的贺电中说："基本知识的重大进展，能够导致科学上的更进一步的突破，进而造福人类。"

科学没有国界，科学家有祖国。丁肇中是位科学家，更是一位热爱祖国的人。在这非常激动和幸福的时刻，他做出了一个极其庄重而神圣的决定，通知瑞典皇家科学院："我要用中文在颁奖典礼上发言。"

瑞典皇家科学院做出了积极、友好的表示："欢迎。"

同时，瑞典皇家科学院又不无担心地问："谁做翻译？"

丁肇中答："我自己做翻译。"

"获得了诺贝尔物理学奖的美国公民丁肇中，决定用中文在颁奖典礼上致词。"这一消息见报之后引起了强烈反响，深深感动了不同国家、不同肤色和使用不同语言的人们，他们发自内心地感叹："丁肇中是要将荣誉献给自己的祖国。"

可是，美国驻瑞典大使找到丁肇中，非常不满地说："我们美国和中国的关系非常不好，你用中文是不对的。"

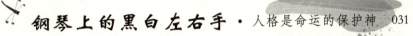

丁肇中十分珍惜美中两国人民的友谊，也期盼美中两国关系的不断改善，但对这位既不友好又不识时务大使的指责，却毫不留情地顶了回去："你管不着这个，我愿意用什么文字就用什么文字。"

就这样，这位美国驻瑞典大使碰了一鼻子灰。他大概永远也不会理解：丁肇中这个出生在美国的公民，为什么会有一颗永远不变的中国心？

有人说，祖国是父亲的土地，语言是母亲的舌头。也有人说，语言是历史的档案。在那次颁奖典礼上，丁肇中在致词时又创下了一个世界纪录：他使这个金色大厅里回荡起有史以来从未使用过的一种语言——中文。

最近，中央电视台的一位节目主持人问道："那您当时选择中文的目的是什么？"

丁肇中答："就是因为在颁奖典礼上从来没有出现过中文。中文是世界上最重要的语言之一。"

主持人问："但是您在用中文做演讲的时候应该说绝大多数的人，现场的人，都是听不懂的？"

丁肇中答："那与我没关系。因为它是全球广播。"

主持人为了进一步验证和确认自己崇敬的判断，又问："您希望更多的中国人，或者说中文的人能够听得懂？"

丁肇中只答了一个字："对。"

……

"我要用中文"，这使人感到，爱国主义是千百年来巩固起来的对自己祖国最深厚的感情。

"我要用中文"，这使人感到，履行热爱祖国的天职是一种最纯洁、最温柔、最敏锐、最强烈、最高尚和最值得敬重的行为。

谎言与诚实掰腕子

导读：

　　甘地是印度民族解放运动的领导人，是印度人民反抗英国统治的精神领袖。他发起和领导了声势浩大的非暴力不合作运动，带领印度人民脱离英国殖民统治，被国人尊称为圣雄甘地。作为一个伟大的精神领袖，他对自身的道德完善、心灵宁静以及人格完美不断地追求着，为世人惊叹并永远铭记。本文讲述了甘地年轻时候的一个故事，从中可以窥见这位"圣人"在年轻时代就已经具有的美好品格。

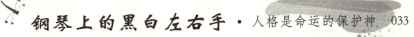

在印度国父、圣雄甘地生活的那个年代，印度的童婚盛行。当时，绝大多数到英国留学的印度学生已经结婚了，但却装成单身汉，羞于承认自己已婚。他们不愿吐露实情的一个重要原因是，一旦别人知道了事实，就无法与自己所寄宿家庭的年轻女孩尽情交往或嬉闹了。一些印度青年经受不起诱惑，为了保持和英国女孩的亲密交往，过着一种隐瞒婚事的不诚实生活。

当时还年轻的甘地，也难免不受影响。尽管他已经结婚，成了一个孩子的父亲，却仍然假冒为单身汉。不过，这种虚伪并没有让他感到一星半点的快乐。好在他的拘谨和沉默，使他免于泥足深陷。他太呆板了，如果他不主动开口说话，是没有什么女孩子愿意和他搭腔或者一起出游、戏嬉的。

甘地在英国留学期间，有一位热心、善良的英国老太太很欣赏他，邀请他每个星期天到自己家里吃饭。为帮助他克服自身的羞涩，还经常给他介绍一些年轻漂亮的女孩子，并创造条件让他们单独在一起娱乐、交流。

最初甘地感到很烦恼，既不会轻松地交谈，又不会风趣地开玩笑。但老太太总是耐心地引导他，教他慢慢地学会了一些相处之道。没过多久，他变了，竟然开始盼望星期天早日到来，开始渴望与年轻漂亮的姑娘谈天了。

甘地与女孩子越来越亲密地会面，老太太看在眼里，喜在心上，决心加快促成他们的婚姻。

但甘地的良知使自己感到后悔，感到进退两难："真希望当初就告诉这位好心的夫人，我已经结过婚了。这样她就不会有让我和那位姑娘订婚的念头了。不管怎样，现在补救还不算太晚。只要我说出实情，就可以免去不少麻烦。"怀着这样的想法，他给关心自己的老太太写了封信，内容大致如下：

自从我们在布莱顿相识以来，承蒙您的关爱和照顾，待我如同儿子一般。您大概觉得我该成家了，所以把我介绍给年轻漂亮的姑娘们。为了不让事态发展下去，我必须向您坦承，我不配接受您的关爱。在我刚开始拜访您时，就应当告诉您我已经结婚的事实。我知道，在英国的印度学生往往隐瞒已婚的实情，我也学了他们的样子。现在，我明白自己不该这么做。我还得补充说明，我不仅结了婚，而且还有一个儿子，已经是个父亲了。这件事瞒了你这么久，我很过意不去。您能原谅我吗？我向您保证，我绝没有冒犯您好心为我介绍的那位姑娘，我有自己的分寸。如果您不是误以为我未婚的话，定然不会撮合我们。为了不让事情继续发展，超越现有的阶段，我必须说出实情。

收到这封信后，如果您认为我不配享有您的盛情厚意，我也绝无怨言，依然会始终铭记您给予的热诚与关心。如果从此以后，您并不排斥我，仍然把我当作值得关心的人，我就毫无遗憾，自然会非常开心，并把这看作是对我进一步关爱的象征。

……

这封信，甘地修改了好多遍才成稿。信发出了，他感到自己卸下了压在心上的一块大石头。不久，他收到了老太太的回信：

我收到你那封坦白的来信了，我们两个都很高兴，开心地大笑了一番。你所说的不诚实之过是可以原谅的，向我们说明实情也做得非常对。我还会继续邀请你，特别希望你下个星期六能来，给我们说说你的童婚，让我们开心地大笑一场。我想，我们的友谊不会因这件事受到任何影响。

就这样,甘地用诚实战胜了虚伪,消除了谎言酝酿的祸害。此后,无论何时何地,无论遇到多么热心的帮助和多么漂亮的姑娘,他都毫不迟疑地郑重说明:自己是一个已婚的人。

原来,在每个人的心田里,真善美与假恶丑都是并存的。甘地之所以被誉为圣雄,主要并不在于他的心灵深处根本没有萌生过假恶丑的杂念,而在于他能用真善美不断地净化和战胜各种假恶丑的杂念。

让世界知道我的祖国

导读:

　　只有美好的梦想,才能成就伟大的事业。从这点上来说,黑人安东尼·内斯蒂做到了,他以自己的成功夺冠,让人们知道了他的国家——位于南美洲北部的苏里南。安东尼·内斯蒂是苏里南的一名著名游泳运动员,自1968年开始参加奥运会以来,苏里南至今只收获了1金1铜,两枚奖牌都是安东尼·内斯蒂夺得的,而他夺金后说的那句"我让所有人都知道了苏里南"更是成为百年奥运史上永恒的经典之一。

　　1988年汉城奥运会，在男子100米蝶泳决赛前夕，有两位运动员格外引人注目。一位是美国泳坛名将马特·比昂迪，号称"飞鱼"；另一位是身材高大、双臂特长的联邦德国名将米哈尔·格罗斯，号称"信天翁"。媒体不遗余力地介绍这两名运动员，似乎夺冠只是美国"飞鱼"与德国"信天翁"的较量。

　　清脆的发令枪响了，"飞鱼"比昂迪一路领先，果然不负众望。50米折返之后，欢呼声中的观众似乎还没有发现，在被忽视的另一条泳道上，有一个黑皮肤的运动员动作协调而有力，与领先的美国"飞鱼"越来越近。他每一次提臂越前、摆腰排水，都使并不大的差距越来越小。在距离终点不到15米的时候，一白一黑，两条飞鱼已经并驾齐驱。在最后触壁的时刻，白飞鱼借助惯性滑行；黑飞鱼则跃出水面，加速冲刺，险些撞在池壁上。两个人、四只手几乎同时触壁，肉眼已经分辨不出来哪一双手最先触壁！

　　白飞鱼比昂迪自信地举起双手，为自己的胜利而兴奋不已。因为他看到德国的"信天翁"已经落后，并确信自己赢得了这块金牌。

　　然而，记分牌公布了成绩，第一名运动员的名字不是马特·比昂迪，而是一个陌生的名字，安东尼·内斯蒂。此时，一个黑人运动员在泳池中举起双手，露出洁白的牙齿，高兴地笑着。

　　马特·比昂迪惊呆了，金牌与银牌的成绩仅仅相差0.01秒！这让各国媒体的许多记者也感到意外，感到措手不及。许多记者不知道安东尼·内斯蒂的运动背景，甚至不知道苏里南这个国家在哪个大洲。因为，他确实是泳池里杀出的一匹真正的黑马！

　　神通广大的记者终于搞明白了安东尼·内斯蒂的身世：他出生于中美洲的特立尼达多巴哥，后来迁居到苏里南，这是一个仅有40

多万人口的加勒比岛国。后来他到美国求学，经过大学的严格训练，蝶泳成绩越来越好。敏感的媒体还发现，尽管获得奥运金牌的黑人运动员不胜枚举，但没有一个黑人运动员夺得过游泳项目的金牌。在奥运泳池中，安东尼·内斯蒂是第一个获得金牌的黑人运动员！

对于重在参与没有奢望拿到金牌的苏里南来说，安东尼·内斯蒂的这枚游泳金牌的价值难以估量。苏里南举国庆祝，全国为此放假一天，国际机场也被命名为安东尼·内斯蒂。

在众多的记者面前，获得冠军的安东尼·内斯蒂自豪地说："现在所有关于我夺冠的报道里，几乎都加上了一个小框，告诉人们苏里南的地理位置。我很高兴，因为我实现了自己参赛的梦想：让世界知道我的祖国——苏里南。"

春华秋实经典书系

不死的理想

导读:

　　爱因斯坦,德裔犹太人,世界著名的物理学家。因解释了"光电效应"而获得 1921 年诺贝尔物理学奖,是现代物理学的开创者、奠基人。1999 年,爱因斯坦更被美国《时代周刊》评选为"世纪伟人"。这样的一位伟人,一位大科学家,是什么样的信念支撑着他在科研的道路上奋勇向前呢? 是理想,一份"不死的理想"。

1955年4月13日，在家里工作的爱因斯坦感到右腹阵阵剧痛，同时还出现了别的不祥之兆。医生们迅速赶到，会诊结果是主动脉瘤，并建议他立刻动手术。

爱因斯坦婉言谢绝了。在1945年和1948年，他接连做了两次手术之后，已经发现主动脉上有一个瘤。他有预感，这个致命的定时炸弹即将爆炸了，自己也应该走了。

第二天，心脏外科专家格兰医生从纽约赶来。尽管他知道爱因斯坦很虚弱，开刀会有危险，但还是建议开刀，因为这是唯一的抢救方法，别无选择。

爱因斯坦苍老的脸上浮现出疲倦的微笑，摇摇头说："不用了。"

格兰医生又一次警告他："那个主动脉瘤随时都可能破裂。"

爱因斯坦镇静地说："那就让它破裂吧！"

4月16日，爱因斯坦病情恶化，住进了普林斯顿那家小小的医院。一到医院，他就让人把他的老花眼镜、钢笔、一封没写完的信和一篇没有做完的计算题送过来。他在病床上欠了欠身子，戴上老花镜，从床头柜上艰难地抓起了笔。还没开始工作，他就倒了下去。宽大的布满皱纹的额头上冒出一片汗珠，那支用了几十年的钢笔从手里滑落到地上，他实是没有一点力气了。

4月17日，星期五，爱因斯坦的感觉似乎稍微好一些。儿子汉斯坐飞机从加利福尼亚赶来看父亲；女儿玛戈尔因病与父亲住在同一个医院，坐着轮椅也来看父亲；还有许多朋友、同事都来看望他。他平静地对儿女、朋友和同事说："这里的事情，我已经做完了。""没什么，别难过，人总有一天要死的。"

1955年4月18日1时25分，爱因斯坦因腹腔主动脉溢血而与世长辞。

巨星陨落了！电讯传遍地球每一个角落："当代最伟大的物理学家爱因斯坦逝世，终年76岁。"

全球为之悲痛，到处都是悼词和颂词："世界失去了最伟大的科学家。""人类失去了最伟大的儿子。""爱因斯坦开创了物理学的新纪元。""爱因斯坦改变了人类对世界和宇宙的认识。"

唁电和唁函从世界的各个角落飞往普林斯顿，有的来自国家元首和政府首脑，有的来自著名的科学家，有的来自学术团体，有的来自普通的男男女女。人们怀念他，因为他改变了人类对宇宙的认识，开拓出科学造福于人类的无限广阔的前景。人们怀念他，因为他为人类的和平与进步，进行了不屈不挠的斗争。

各种媒体重新刊登了法国物理学家朗之万在1931年对爱因斯坦作出的评价："在我们这一时代的物理学史中，爱因斯坦将位于最前列。他现在是，将来也仍然是人类宇宙中有头等光辉的一颗巨星。很难说，他究竟是同牛顿一样伟大，还是比牛顿更伟大。不过，可以肯定地说，他的伟大是可以同牛顿相比拟的。按照我的见解，他也许比牛顿更伟大，因为他对于科学的贡献，更加深刻地进入了人类思想基本概念的结构中。"

爱因斯坦在遗嘱中说，我死后，除护送遗体去火葬场的少数几位最亲近的朋友之外，一概不要打扰。不要墓地，不立碑，不举行宗教仪式，也不举行任何官方仪式。骨灰撒在空中，和宇宙、和人类融为一体。切切不可把我居住的梅塞街112号变成人们"朝圣"的纪念馆。我在高等研究院里的办公室，要让给别人使用。除了我的科学理想和社会理想不死之外，我的一切都将随我一起死去。

那么究竟什么是爱因斯坦不死的理想呢?

爱因斯坦在《我的世界观》一文中作出了这样的明确阐述:"每个人都有一定的理想,这种理想决定着他的努力和判断的方向。在这个意义上,我从来不把安逸和享乐看作是生活目的本身——这种伦理基础,我叫它猪栏的理想。照亮我的道路,并且不断地给我新的勇气去愉快地正视生活的理想,是善、美和真。"

爱因斯坦说的多好啊,贪图安逸和享乐,只是猪栏的理想,而对善、美和真的不懈追求,才是不死的理想。

春华秋实经典书系

比金牌更宝贵的孝心

导读：

　　孝，是中华民族的传统美德。俗话说，百善孝为先，要想做一个好人，一个善良的人，一个成功的人，首先就要做到孝。孝心有时会成为我们前进的动力。如文中的弗兰克·海文斯，为了弥补父亲当年痛失奥运金牌的遗憾而努力奋斗着，终于在 28 岁的时候，取得了奥运金牌，相信支撑他成为奥运冠军的信念便是他对父亲的孝心。

比尔从孩提时代起，就比一般的孩子更健康，更强壮有力，并表现出非凡的运动天赋。上中学之后，他心里就种下了一个梦想：站到奥运会的领奖台上，看着星条旗高高升起。随着不断的成长，他渴望实现梦想的心情也越来越迫切。

1924 年，比尔考入耶鲁大学之后，成为学校八人赛艇队的主力队员，并被选为队长。他率领的这支队伍顺利地通过了国内的选拔赛，并将作为美国国家代表队参加在巴黎举行的第八届奥运会。他似乎预感到，在不久的将来，多年以来站到奥运会的领奖台上的梦想就要变成现实。

然而，就在与队友一起抓紧训练的时候，就在他们准备踏上前往法国奥运会赛场的前夕，比尔听到了妻子产前检查的准确结果：他就要当爸爸了！但是，预产期恰恰碰在他将参赛奥运会期间。医生还说，他妻子的身体状况非常不好，生产时母子的生命都将面临危险。

比尔不得不做出抉择：或者是继续训练，前往法国参加奥运会，赢得那枚向往已久的奥运会金牌；或者是留在阿灵顿市的家里，照顾妻子，目睹第一个孩子的出世。这对他来说，是一件有些左右为难的事情。

最后，比尔果断地作出了选择：留下来陪伴妻子，迎接小生命的诞生。因为在他看来，母子的平安比站在奥运会的领奖台上更加重要。

1924 年 7 月 17 日，比尔所在的耶鲁大学赛艇队果然不负众望，在巴黎奥运会上战胜了众多的对手，赢得了一枚宝贵的金牌。

两周以后，8 月 1 日，即巴黎奥运会闭幕后的第 4 天，比尔的孩

春华秋实经典书系

子出世了，是一个儿子。他为儿子取了一个非常好听的名字——弗兰克·海文斯。

由于当时的交通还不够发达，如果比尔去巴黎参赛，那么儿子出生的时候，他就正在返程的轮船上，在大西洋中的某一块水域里。

看着儿子一天天地健康成长，比尔很是开心。特别让他感动的是，儿子特别懂事。儿子上高中和上大学的时候，都参加了学校的八人赛艇队，都是主力队员，都被选为队长。儿子安慰父亲说："妈妈告诉过我，你有时在梦里还和伙伴们一起坐在狭窄的赛艇上，用力地挥动着手中的桨，但当你伸手去触摸闪光的金牌时，却总会从梦中醒来。请爸爸相信我，将来我一定给你赢得一枚奥运金牌……"

1952 年 7 月 27 日，住在阿灵顿市的比尔收到了一封电报，电报发自遥远的欧洲——芬兰首都赫尔辛基。

年过半百的比尔拿着这封电报走到妻子的面前，一边用微微颤抖的手撕开电报，一边抑制着自己激动的心情。然后，他轻轻地读出了声："亲爱的爸爸，感谢你当年在我出生的时候守候在妈妈和我的身边。我已经替你圆了 28 年前的梦想，站到了奥运会的领奖台上，看到了星条旗高高升起。很快，我就会带着一枚奥运会的金牌回家。这枚金牌，应该属于你。爱你的儿子，弗兰克·海文斯。"

此时，泪水静静地流淌在比尔和妻子已经有了皱纹的脸上。比尔对妻子说："比这枚金牌更宝贵的，是儿子的孝心。"

他们紧紧地拥抱在一起，沉浸在无比的自豪、满足与幸福之中。他们在泪水中会心地笑了。

爱是温暖人心的太阳

导读:

　　爱,是一个令人陶醉的字眼,它为人类创造了五彩斑斓的生活。爱的世界是充满阳光和色彩的世界,我们很难想象失去了爱的世界会是多么的可怕。当人们沐浴在爱的阳光中时,冷漠会化为亲切,仇恨也会化为宽容。生活中,我们确实需要一颗爱人之心,需要一种由爱而滋生的宽容情怀。爱更是温暖人心的太阳,它会让每一个遭受苦难的人感受到希望。

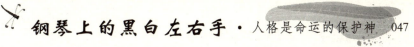

1921 年，伊迪丝·梅斯菲尔德出生在美国的阿勒冈州。她 45 岁的时候，为了照顾年迈的母亲，她搬进了西雅图市巴拉德地区西北46 街一座两层楼的小房子。

随着汽车的增加、交通的繁忙和城市的发展，梅斯菲尔德的居住环境变得大不如以前了。比如频繁过往的垃圾车总是发出轰隆隆的噪音，比如该地段已经是一个交通事故的多发地……因此，她周围的邻居都已陆续地搬走了。尽管孤身一人，没有一个邻居，也没有一个亲人，但她却依然不愿意离去。她说："我经历过第二次世界大战，噪音对我来说算不了什么。我在这里习惯了，很开心，哪也不想去。"

2006 年，梅斯菲尔德已经是 85 岁的老人了。此时，有个房地产开发商想建一个 5 层的商用大厦，选址就定在她家所在的这块土地上。

梅斯菲尔德破旧不堪的房子建于 1900 年，共 90 多平方米。根据政府评估机构的测算，这座超过百年的老房子最多只值 8000 美元；其所占的地皮最多也只值 10 万美元。合起来算，最多共值 11 万美元。

房地产开发商为了达到让梅斯菲尔德搬走的目的，几次主动提高了动迁的报价，最后竟然报出 100 万美元的高价。然而，老太太就是执意不肯搬走。她说："我不关心钱，再说，那么多的钱对我有什么用呢？睹物思人，我住在母亲的百年老房，感到特别亲切。"因为她坚持拒绝搬走，这座房子就成了当地赫赫有名的"钉子"户。

最后，由于房地产开发商无权强拆梅斯菲尔德的房子，开发商只好修改了图纸，三面围绕着她的小房子，建起了一座凹字形的 5 层商业大楼。

不过，房地产开发商的工程项目主管、52 岁的巴里·马丁，对梅斯菲尔德的拒绝不但给予了充分的理解，而且还经常关心她的生活。他帮助老人买日用品，带老人去看医生，陪老人换上了新的假牙，为老人洗衣服，给老人做她最爱吃的比目鱼、土豆以及青豆……他像晚辈一样无微不至地关心和照顾老人，老人也把他当成了自己的亲人。

巴里·马丁还常嘱咐和要求工人："你们要像对待自己外婆一样地对待老人家。"

有的工人好奇地问巴里·马丁："她与你是什么关系？"

他说："就算是忘年交吧。老人家没有亲人了，她唯一的儿子13岁时就因患脑膜炎死了。她这样一个孤单的老人，非常需要帮助，我不能视而不见，漠不关心。"

2008年春天，梅斯菲尔德感到身体每况愈下，便到医院做了身体检查，结果发现已经是胰腺癌的晚期。6月，87岁的梅斯菲尔德在自己的家里去世了。

梅斯菲尔德的老朋友查理·派克说："她希望在自己家里告别人世，就在她母亲当年离世的同一个房间、同一个沙发上。现在，她如愿以偿了。我很敬佩她，因为她是一个按照自己所确信的想法、观点和原则生活的人，是一个有坚定信念的人。"

谁也不会想到，梅斯菲尔德在遗嘱中特别交代：把房子无条件地送给巴里·马丁，以感谢他在自己生命最后一段时间的陪伴和照顾。

不久前，巴里·马丁已经以31万美元的价格，把房子卖给了另一家房地产公司的老板格雷格·皮诺，并希望他将这座房子继续保存下去。格雷格·皮诺欣然同意。

巴里·马丁激动地说："非常感谢您让这座房子继续保存下去。

我任何时候开车经过那里都能看到它，这让我很开心。"

　　格雷格·皮诺买下这座房子之后，准备将其加高，改造成与凹字形的商业大楼一样高。然后，将最下面的两层向市民开放。参观者可以花钱买下房子上一块砖的刻字权，可以在砖上刻下自己的信念和名字。他认为，这座房子非常有保存价值，因为它可以让每一个美国人思考自己的人生信念。他为自己策划的这个参观项目，起了一个耐人寻味的名字——"信念广场"，还将出卖刻字权的每一块砖，称之为"信念之砖"。

　　真是无巧不成书。2009 年 5 月 26 日，迪士尼公司的推销人员让梅斯菲尔德的老房和"信念广场"的名声大振。因为迪士尼公司制作的动画片《飞屋环游记》，5 月底将在北美上映，其内容和梅斯菲尔德的经历颇为相似。于是，他们在老屋的房顶上系上了五颜六色的气球。这既起到了影片海报的作用，又表达了对有坚定信念老太太的由衷敬意。

　　美国的各大媒体都争相集中发布了梅斯菲尔德老房和"信念广场"的新闻。有位网友看后颇有感触，第一个买下了一块砖的刻字权。这位网友打算在自己买下的"信念之砖"上刻下这样的人生信念：

　　"爱是温暖人心的太阳。"

第二辑

越努力就越幸运

拿破仑说:"我们应当努力奋斗,有所作为。这样,我们就可以说,我们没有虚度年华,并有可能在时间的沙滩上留下我们的足迹。"的确,虽然在现实生活中我们能够选择很多种方式来生活,但每个人都应该朝着自己的理想方向努力并为之拼搏奋斗,这样,我们会活得很充实,成功会向我们挥手,让我们的人生之路不再有遗憾。

人生,想达到一定的高度,也需要不断努力攀登。也许一路上会有无数的挫折与失败,但是,只要我们努力,就会克服一个个困难,磨平一个个棱角。这样,我们的内心便会多一分坚定,多一分坚持,多一分耐心,人生的路也会越走越远,越走越宽。努力驱除心中的阴影,迎来向往的光明。

立下志向,行动起来,努力,努力,再努力,让自己的人生充满希望。早晚有一天,幸运会不知不觉地降临到我们的头上。

不可放弃 "努力"

导读:

　　决定去做一件事很容易，但坚持做完往往很难。其实，我们应该慎重地选择去做一件事，但一旦开始，就要坚持到底。本文列举了鲮鱼和跑步的例子，说明了坚持的重要性。在通往成功的路上，我们会遇到很多阻碍，但随着我们自身的不断强大，有些阻碍便逐渐被我们克服了，可我们还误以为阻碍依然存在，难以逾越。其实，真正阻碍我们的不是存在于外界，而是存在于我们的心里。

有所不为，才能有所为。人生有很多是可以放弃的东西，但万万不可轻言放弃的是：努力。

你是否知道鲮鱼和鲦鱼的习性？鲮鱼喜欢吃鲦鱼，鲦鱼总是躲避鲮鱼。有人曾经用这两种鱼做了一个实验。

实验者用玻璃板把一个水池隔成两半，把一条鲮鱼和一条鲦鱼分别放在玻璃隔板的两侧。开始时，鲮鱼要吃鲦鱼，飞快地向鲦鱼游去，可一次次都撞在玻璃隔板上，游不过去。过了一会儿工夫，鲮鱼放弃了努力，不再向鲦鱼那边游去。更有趣的是，当实验者将玻璃隔板抽出来之后，鲮鱼也不再尝试去吃鲦鱼了！鲮鱼失去了吃掉鲦鱼的信心，放弃了已经可以达到目的的努力。

其实，作为万物之灵的人，有时也犯鲮鱼那样的错误。记得4分钟跑完1英里的故事吧？自古希腊以来，人们一直试图达到4分钟跑完1英里的目标。人们为了达到这个目标，曾让狮子追赶奔跑者，也曾喝过真正的虎奶，但是都没实现4分钟跑完1英里的目标。于是，许许多多的医生、教练员和运动员断言：要人在4分钟内跑完1英里的路程，那是绝对不可能的。因为，我们的骨骼结构不对头，肺活量不够大，风的阻力又太大，理由实在很多很多。

然而，有一个人首先开创了4分钟跑完了1英里的纪录，证明了许许多多的医生、教练员和运动员的断言都错了。这个人就是罗杰·班尼斯特。更令人惊叹的是，一马当先，引来了万马奔腾。在此之后的一年，又有300名运动员在4分钟内跑完了1英里的路程。

训练技术并没有重大突破，人类的骨骼结构也没有突然改善，数十年前被认为是根本不可能的事情，为什么变成了可能的事情？是因为有人没有放弃努力，是因为有了榜样的力量。

在由失败通往胜利的路上，有时候障碍的确存在，甚至很多；有时候障碍已经消失，或已在不知不觉中被我们克服，可我们还误认为障碍仍然存在，不可逾越。可以说，有好多障碍并不是存在于外界，而是存在于我们的心里。

几乎每个胜利者，都曾经是个失败者。胜利者与失败者在大难大事上的重要区别是：胜利者屡败屡战，绝不轻易放弃努力；失败者屡战屡败，可惜地放弃了努力。

在由失败通往胜利的征途上有道河，那道河叫放弃。

在由失败通往胜利的征途上有座桥，那座桥叫努力。

春华秋实经典书系

高考与自信

导读：

　　一个平凡的人，如果他拥有坚决的自信，也会做出惊人的事业，而缺乏自信常常是性格软弱和事业不能成功的主要原因。本文就为我们举了两个很好的例子：美国总统尼克松因缺乏自信而惨败，指挥家小泽征尔却因自信而摘取了世界指挥家大赛的桂冠。我们由此可以看出自信对一个人来说，具有多么大的作用。

这里有两个故事，很能说明自信对于胜败的重要作用。

一个是尼克松败于自信的故事。

尼克松是我们极为熟悉的美国总统，在他的任期内打开了中美关系的大门，还有许多的不俗业绩，是个优秀的政治家。但这样一位大人物，却因为一个缺乏自信的小错误而毁掉了自己的政治前程。

1972 年，尼克松竞选连任。由于他在第一任期内政绩斐然，很得民心，而他对手的阅历和声望都难以与他相提并论，所以大多数政治评论家都预测尼克松将以绝对的优势获得胜利。

然而，尼克松本人却很不自信。他走不出过去几次失败的心理阴影，极度担心再次出现失败。在这种潜意识的驱使下，他鬼使神差地干出了后悔终生的蠢事。

他指派手下的人潜入了竞选对手总部的水门饭店，在对手的办公室里安装了窃听器。事发之后，他又连连阻止调查，推卸责任，在选举胜利后不久便被迫辞职。本来稳操胜券的尼克松，因缺乏自信而导致惨败。

春华秋实经典书系

另一个是小泽征尔胜于自信的故事。

小泽征尔是世界著名的交响乐指挥家。在一次世界优秀指挥家大赛的决赛中，他按照评委会给的乐谱指挥演奏，敏锐地发现了不和谐的声音。起初，他以为是乐队演奏出了错误，就停下来重新演奏，但还是不对，他觉得是乐谱有问题。这时，在场的作曲家和评委会的权威人士坚持说：乐谱绝对没有问题，是他错了。面对一大批音乐大师和权威人士，他思考再三，斩钉截铁地大声说："不！一定是乐谱错了！"话音刚落，评委席上的评委们立即站起来，报以热烈的掌声，祝贺他大赛夺魁。

原来，这是评委们精心设计的圈套，以此来检验指挥家在发现乐谱错误并遭到权威人士"否定"的情况下，能否坚持自己的正确主张。前两位参加决赛的指挥家虽然也发现了错误，但终因随声附和权威们的意见而被淘汰。小泽征尔却因充满自信而摘取了世界指挥家大赛的桂冠。

尼克松败于自信的故事和小泽征尔胜于自信的故事，对即将参加高考的考生来说，都是很有启示作用的。中科院著名心理学家王极盛教授，对即将参加高考的同学们说："信心是高考成功的精神支柱，对智力的发挥起调节作用。"高考也是心理战，心理调节至关重要，越接近高考，心理调整也越重要。如果说平时的知识储备是高考成功必不可少的硬件，良好的心态则是高考成功必不可少的软件。不错，信心的基础是实力，但对知识临场发挥得如何，主要取决于有无良好的心态。许多不幸，都是从看不起自己、不相信自己开始的。莎士比亚说得对："自信是走向成功的第一步，缺乏自信乃是失败的原因。"

不在父亲肩上摘苹果

导读：

　　一个人取得成功存在着很多因素，才智、努力、持之以恒、别人的帮助等可能都是我们获取成功的因素。可是这些因素也有必要因素和不必要因素之分，比如别人的帮助就属于不必要因素，它只能帮助我们将成功的日期提前，而不是取得成功的决定性因素。本文为我们列举了小仲马和富兰克林不依靠别人取得成功的例子，使我们了解到只有自己才是自身命运的设计师，最可依靠的不是别人的权力和声望，而是自己的力量。

有一天，大仲马得知自己的儿子小仲马寄出的稿子接连碰壁，便对小仲马说："如果你能在寄稿时，随稿给编辑先生们附上一封短信，或者只是一句话，说'我是大仲马的儿子'，或许情况就会好多了。"

小仲马倔强地说："不，我不想坐在你的肩头上摘苹果，那样摘来的苹果没味道。"年轻的小仲马不但拒绝以父亲的盛名做自己事业的敲门砖，而且不露声色地给自己取了十几个其他姓氏的笔名，以避免那些编辑先生们把他和大名鼎鼎的父亲联系起来。

面对那些冷酷无情的一张张退稿笺，小仲马没有沮丧，仍在屡败屡战地坚持创作自己的作品。

他的长篇小说《茶花女》寄出后，终于以其绝妙的构思和精彩的文笔震撼了一位资深望重的编辑。这位编辑曾和大仲马有着多年的书信来往，他看到寄稿人的地址同大仲马的地址丝毫不差，怀疑是大仲马另取的笔名，但作品的风格却和大仲马的迥然不同。这位编辑带着兴奋和疑问，迫不及待地乘车造访大仲马家。

令他大吃一惊的是，《茶花女》这部伟大的作品，作者竟是名不见经传的大仲马的儿子小仲马。

"您为何不在稿子上署上您的真实姓名呢？"这位编辑疑惑地问小仲马。

小仲马说："我只想拥有真实的高度。"

这位编辑对小仲马的做法赞叹不已。

《茶花女》出版后，法国文坛的评论家一致认为，这部作品的价值远远超过了大仲马的代表作《基督山恩仇记》。小仲马靠自己的力量攀登到文坛的高峰。

美国物理学家富兰克林，是家中 12 个男孩中最小的。由于家境贫寒，他 12 岁就到哥哥开的小印刷所去当学徒。他把排字当作学习写作的好机会，从不叫苦。

不久，富兰克林认识了几个在书店当学徒的小伙伴，经常通过他们借书看。随着阅读数量的增加，他逐渐能学着写些小文章了。

在富兰克林 15 岁时，他哥哥筹办了一份报纸《新英格兰新闻》。报上常登载一些文学小品，很受读者欢迎。

富兰克林也想试一试文笔，但又不想通过哥哥来采用自己的文章。为此，富兰克林化名写了一篇小品，趁半夜没人时把稿子悄悄地放在印刷所的门口。

第二天一早，他哥哥看到那篇稿件，便请来一些经常写作的朋友审阅评论。那些人一致称赞是篇好文章，有一位诗人竟断定，这是出自名家的手笔。

从此，富兰克林的文章经常在报上发表，但他的哥哥一直不知道真正的作者是谁。后来，他哥哥决心要识破这个谜，在半夜时藏在印刷所门口。他哥哥做梦也没想到，这位"名家"竟是自己的弟弟小富兰克林。

……

勿庸讳言，以人取言，人微言轻，近水楼台先得月，老子英雄儿好汉等不公平的现象，目前还是比较常见的，就是在将来也是难以完全避免的。但是，与其怨天尤人哀叹自己的命运，倒不如脚踏实地增强自己的实力。从长远的观点看问题，任何事物发展的根本原因，不在事物的外部，而在事物的内部；外因是变化的条件，内因是变化的根据。在这个意义上可以说，人人都是自己命运的设计师，最可依靠的不是任何人的权力和威望，而是自己的力量。

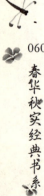

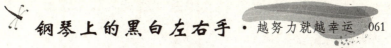

　　"滴自己的汗,吃自己的饭。自己的事,自己干。靠人靠天靠祖上,不算是好汉。"郑板桥的这些话，当然不是主张可以忽视前进中可以借用的力量，而是强调千靠万靠，不如自靠。

巨匠的作业和手杖

导读：

　　巴尔扎克是法国著名小说家，被称为现代法国小说之父。他一生创作颇丰，写出了91部小说，合称《人间喜剧》。《人间喜剧》被誉为"资本主义社会的百科全书"。本文为我们讲述了巴尔扎克的两个小故事，"勤能补拙"这一名言在他的身上得到了最好的体现。在失败与成功之间，并没有一道难以逾越的鸿沟存在，只要我们不断努力，终会到达成功的彼岸。

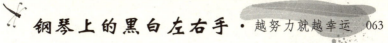

　　一天，一位年逾古稀的老太太拿着一本破旧的作业本，无拘无束地问巴尔扎克："大作家，你给我瞧瞧，这小子有没有天才，将来是不是块当作家的料？"

　　巴尔扎克接过作业本后认真地看了看，胸有成竹地说："嗯，这小子天赋不高，灵气不多，凭这很难当作家。"

　　老太太听后，发自内心地笑道："好小子，我以为你们当作家的什么都懂，没想到你连自己30多年前的小学作文都看不出来！"

　　巴尔扎克也禁不住笑了。他做梦也没有想到，这个老太太竟是自己30多年前的小学教师。

　　巴尔扎克的判断显然是错了，因为他只看到了孩子的基础，却忽视了孩子将来的努力，忽视了人是可以发展和变化的常识。但是，他也有言中的一面——任何人都不可能一出世就名扬天下，誉满全球。

　　巴尔扎克在成名之前，也曾困惑过，狼狈过。

　　他本来是学法律的，可大学毕业后，偏偏想当作家，全然不听父亲让他当律师的忠告，将父子关系搞得十分紧张。不久，其父便不再向他提供任何生活费用。他写的那些玩意儿又不断地被退了回来，他陷入了困境，开始负债累累。最困难的时候，他甚至只能吃点干面包、喝点白开水。但是他挺乐观，每当就餐，便在桌上画上一只只盘子，上面写上"香肠"、"火腿"、"奶酪"、"牛排"等字样，然后在想象的欢乐中狼吞虎咽。

　　在这段最为失意的日子里，巴尔扎克破费了700法郎，买了一根镶着玛瑙的粗大手杖，并在手杖上刻了一行鞭策自己的字：我将粉碎一切障碍。

正是这句无所畏惧、一往无前的名言，支持他渡过难关。后来，柳暗花明，他果然成功了。

巴尔扎克的作业和手杖，又一次证明了无数成功的人士坚信的箴言："勤能补拙是良训，一分辛苦一分才。"在成功和失败之间，并没有一道不可逾越的鸿沟。对绝大多数人而言，一个人在某一方面的成功，主要并不决定于天才，只要按既定目标执着地追求，天长日久，水滴石穿，就没有不功成名就的道理。

才能就是辛苦和勤奋。

成功就是一直在努力。

春华秋实经典书系

继续敲门的勇气

导读：

　　在现实生活中，人类时刻面临着种种压力与恐惧，那我们应该如何克服呢？罗斯福曾说："我认为克服恐惧最好的办法理应是：面对内心所恐惧的事情，勇往直前地去做，直到成功为止。"本文中的两个人就很好地做到了这一点。法拉第敲开英国皇家学院的大门，塞夫斯特穆敲开了发现钒元素的大门，靠的都是自身的勇气，可见勇气的重要性。

英国皇家学院公开张榜，为大名鼎鼎的戴维教授选拔科研助手，年轻的装订工人法拉第听说后激动不已，赶忙到选拔委员会报了名。但临近选拔考试的前一天，法拉第接到通知：他的考试资格被取消了，因为他只是一个普通的装订工人。

　　法拉第很不服气，急忙赶到选拔委员会去申述。但委员们却对他说："一个普通的装订工人想进皇家学院，没有别的办法，除非你能得到戴维教授的同意！"

　　法拉第犹豫了，顾虑重重地走到了戴维教授家的大门口。他在门前徘徊了很久，终于敲响了门。门开了，一位老者注视着法拉第，"门又没有闩，请你进来吧。"老者微笑着对法拉第说。

　　"教授家的大门整天都不闩吗？"法拉第疑惑地问。

　　"干吗要闩上呢？"老者幽默地说，"当把别人闩在门外的时候，也就把自己闩在屋里了。"

　　这位老者就是戴维教授，听了法拉第的叙说和请求之后，写了一张纸条，说："年轻人，你带着这张纸条去，告诉选拔委员会的那些人说，戴维老头同意你参加考试了。"

　　经过严格的激烈的选拔考试，书籍装订工法拉第出人意料地成了戴维教授的科研助手，迈进了英国皇家学院那高大而华丽的大门。

　　法拉第靠继续敲门的勇气，敲开了英国皇家学院的大门。1830年，瑞典化学家塞夫斯特穆则靠继续敲门的勇气，敲开了发现钒元素的大门。

　　在发现钒元素之后，塞夫斯特穆以轻松风趣的科学童话般的笔调，给自己的朋友维勒写了下面的话：

　　"在宇宙中住着一位漂亮可爱的女神。一天有人敲响了她的门，

女神懒得动，等着第二次敲门，谁知这位来宾只敲过一次就走了。女神急忙起身打开窗子张望。'是谁家的冒失鬼呀？'她自言自语道，'啊，一定是维勒！'如果维勒再敲一下，不就见到女神了吗？"

　　"过了几天，又有人来敲门，一次敲不开，就继续敲下去，女神开了门，原来是塞夫斯特穆。他们相晤了，钒元素便诞生了。"

　　是持之以恒，保持继续敲门的勇气；还是浅尝辄止，放弃继续敲门的勇气，这便是塞夫斯特穆对两位好朋友寻找钒元素成败原因的精彩反思。

　　法拉第敲开英国皇家学院的大门，靠的是继续敲门的勇气；塞夫斯特穆敲开了发现钒元素的大门，靠的也是继续敲门的勇气。其实，要敲开任何一扇成功的大门，又有谁不需要保持继续敲门的勇气呢？

　　一个成功者和一个失败者的区别，很多时候并不在于能力的大小或设计的好坏，而在于能否信赖自己的决心，适度地冒险和行动，即能否保持继续敲门的勇气。

厄运打不垮信念

导读:

　　人生之路不会永远是一马平川，有坦途就有坎坷，有甜蜜就有苦涩。人的成长之路，从来都是喜悦与挫折相伴而行。然而，挫折对于强者来说是一块块垫脚石，是他们通往成功的一级级阶梯；对于弱者则是一道道绊脚石，会把弱者跌得鼻青脸肿，甚至粉身碎骨。作者在文中举了两个名人勇敢面对挫折的故事，告诉人们只要我们坚定自己的信念，就永远不会被打倒。

明朝末年时，史学家谈迁经过二十多年呕心沥血的写作，终于完成了明朝编年史——《国榷》。

面对这部可以流传千古的巨著，谈迁心中的喜悦可想而知。然而，他没有高兴多久，就发生了一件意想不到的事情。

一天夜里，小偷进他家偷东西，见到家徒四壁，无物可偷，以为锁在竹箱里的《国榷》原稿是值钱的财物，就把整个竹箱偷走了。从此，这些珍贵的稿子就下落不明。

二十多年的心血转眼之间化为乌有，这样的事情对任何人来说，都是致命的打击。对年过六十、两鬓已开始花白的谈迁来说，更是一个无情的重创。可是谈迁很快从痛苦中崛起，下定决心再次从头撰写这部史书。

谈迁继续奋斗了十年，又一部新的《国榷》诞生了。新写的《国榷》共一百零四卷，五百万字，内容比原先的那部还要更详实精彩。谈迁也因此留名青史、永垂不朽。

英国史学家卡莱尔也遭遇了类似谈迁的厄运。

卡莱尔经过多年的艰辛耕耘，终于完成了法国大革命史的全部文稿。他将这本巨著的底稿全部托付给自己最信赖的朋友米尔，请米尔提出宝贵的意见，以求文稿的进一步完善。

隔了几天，米尔脸色苍白、上气不接下气地跑来，万般无奈地向卡莱尔说出一个悲惨的消息：法国大革命史的底稿，除了少数几张散页外，已经全被他家里的女佣当作废纸，丢进火炉里烧为灰烬了。

卡莱尔在突如其来的打击面前异常沮丧。当初他每写完一章，便随手把原来的笔记、草稿撕得粉碎。他呕心沥血撰写的这部法国大革命史，竟没有留下来任何可以挽回的记录。

但是，卡莱尔还是重新振作起来。他平静地说："这一切就像我把笔记簿拿给小学老师批改时，老师对我说：'不行！孩子，你一定要写得更好些！'"

他又买了一大叠稿纸，从头开始了又一次呕心沥血的写作。我们现在读到的法国大革命史，便是卡莱尔第二次写作的成果。

不错，当无事时，应像有事时那样谨慎；当有事时，应像无事时那样镇静。但在漫长的旅途中，实在是难以完全避免崎岖和坎坷。

只要出现了一个结局，不管这结局是胜还是败，是幸运还是厄运，客观上都是一个崭新的从头再来。

只要厄运打不垮信念，希望之光就会驱散绝望之云。

春华秋实经典书系

成功问答录

导读：

　　爱迪生有句名言：天才是百分之一的灵感加上百分之九十九的汗水。如果我们向成功者讨教经验，得到的回答往往是"坚持不懈地努力"，"坚持"便是所有成功者身上必备的品质。本文中，作者举了美国 UCLA 篮球队的教练约翰·伍顿、高尔夫球名将盖瑞·布雷尔、保险推销大师比尔·戴维斯的例子，向我们阐述了一个真理：坚持不懈才是成功的真正奥秘。

约翰·伍顿是美国 UCLA 篮球队的教练，曾领导球队连续拿到十多次全美篮球比赛的冠军。

有位教练问他："你是如何指导球员，让任何一名球员进入球队后都变成冠军队伍中的一员？如何才能像你一样成功？"

约翰·伍顿回答说："即使是篮球巨星，也要每天站在篮下 5 米处练习 500 次的基本投篮动作。因为球员只有每天练投 500 次，遇到紧急状况时才能有超水准的表现。基本动作是最重要的，时日一久，球员必有相当程度的改变。"

盖瑞·布雷尔是美国高尔夫球场上的名将，在比赛中经常能准确地挥出完美无缺的一杆。

有位高尔夫球运动员问他："怎样才能挥出完美无缺的一杆？如何才能像你一样成功？"

盖瑞·布雷尔回答说："我每天早上起来坚持挥杆 1000 次，双手流血，包扎过后继续挥杆，连续挥了 30 年。"

接着，盖瑞·布雷尔又说："你愿意付出每天早上起来坚持挥杆1000 次的代价吗？你愿意重复一模一样的单调动作吗？"

比尔·戴维斯是世界第一流的保险推销大师。在他的退休大会上，吸引了保险界的各路精英。许多同行问他："推销保险的秘诀是什么？如何才能像你一样成功？"

比尔·戴维斯坐在台上，自信地微笑着，看来对回答这个问题是胸有成竹，早有准备。

这时，全场灯光逐渐暗了下来，接着从幕后走出了四名彪形大汉。他们合力扛着一座铁马，铁马下垂着一个大铁球。当现场人士丈二和尚摸不着头脑时，铁马被抬到一个十分结实的讲台上。

比尔·戴维斯手执小锤，朝大铁球敲了一下，大铁球没有动；隔了5秒，他又敲了一下，大铁球还是没动。就这样，每隔5秒，他都再敲一下……

10分钟过去了，大铁球纹丝不动；20分钟过去了，大铁球依然纹丝不动；30分钟过去了，大铁球还是纹丝不动……

台下的同行开始骚动了，后来有人陆续离场而去，再后来人越走越多，最后留下来的只有零星几个人。但是，比尔·戴维斯手执小锤，还是全神贯注地持续敲着大铁球。

经过40分钟后，大铁球终于开始慢慢地晃动了，后来摇晃的幅度越来越大，就算有人想让大铁球立刻停下来，也是很难办到的事情了！

留下来的几个同行兴奋了，又开始追问他："推销保险的秘诀是什么？如何才能像你一样成功？"

一直默默不语的比尔·戴维斯说：

"只要方向对头，成功者，绝不会放弃；放弃者，绝不会成功。"

做一个好的失败者

导读：

　　人们总是乐于接受成功，却很难面对失败。很少有人愿意承认自己是个失败者，更不愿意正视自己的失败。可当失败真正到来的时候，我们也应该勇敢地承认并坦然面对，然后从失败中吸取教训。作者为我们举了美国影星哈莉·贝瑞的例子，告诉人们这样一个道理：如果不能做一个好的失败者，也就不能做一个好的成功者。

1968 年 8 月 14 日，美国黑人女性的杰出代表、好莱坞当前最红的女明星之一哈莉·贝瑞，出生于俄亥俄州克利夫兰。这位"黑珍珠"集美丽、智慧和坚韧于一身，从 17 岁开始，就接连不断地荣获令人羡慕的殊荣与奖励。

1985 年，她代表俄亥俄州参加全美 20 岁以下小姐竞选，获"全美青少年小姐"称号。

1986 年，她参加美国小姐选美竞选，获"美国小姐"、"俄亥俄小姐"称号。

1986 年，她参加世界小姐服装竞赛，获第一名。

1999 年，她因《红颜血泪》获金球奖、艾美奖的电视影片类最佳女主角奖。

1999 年，她因《红颜血泪》获银屏演员协会最佳女演员奖。

这位好莱坞最有成就的黑人美女，多年来一直保持着参选美国小姐时的美丽容颜。她的身材被称为"最佳曲线形体"，她 7 次入选美国《人物》杂志评选的"50 个最美丽的人"。

2001 年，美国西部时间 3 月 24 日下午 5 点 30 分，第 74 届奥斯卡金像奖颁奖典礼在洛杉矶的"柯达剧院"隆重举行。此刻，在奥斯卡颁奖的历史上翻开了崭新的一页，傲慢的奥斯卡终于被黑人演员的成就所征服，一扇向黑人女演员关闭了 74 年之久的奖励大门终于敞开了。哈莉·贝瑞凭借在电影《怪物午宴》中的精彩表演，获得了奥斯卡"最佳女主角"奖，成为奥斯卡历史上的第一个黑人影后。她手捧奥斯卡小金人，兴奋地高高举起。

但是，即使是命运的宠儿，也不可能永远一帆风顺。2005 年 2 月 26 日晚，命运同哈莉·贝瑞开了一个天大的玩笑，将她从人生的巅峰抛进了人生的谷底。在第25届金酸莓"最差"奖颁奖仪式上，她主演的《猫女》被评为"最差影片"，她也被评为"最差女主角"。她走上了领奖台，用曾经接受过奥斯卡最佳女主角奖杯的那双手，接过了金酸莓"最差女主角"的奖杯，成为第一位亲手接过此奖杯的好莱坞女影星。

金酸莓电影奖设立于1981年，跟奥斯卡奖评选"最佳"相反，专门评选"最差"影片、"最差"导演和"最差"演员等奖项，并且举行颁奖仪式，颁发奖杯。对于这个带有恶作剧意味的颁奖，好莱坞的明星大腕们从不正眼相看，也从来没有一个当红的女明星参加过这个颁奖仪式，更没一个当红的女明星有勇气亲手接过授予自己的"最差女主角"奖杯。

哈莉·贝瑞在人生的巅峰时没有忘乎所以，认为自己是绝对的成功；在人生的谷底时也没有一蹶不振，认为自己是绝对的失败。她难能可贵地认为，在人生旅途的地平线上，成功与失败同样都是崭新的开始。

　　她在发表获奖感言时说："我的上帝！我这辈子从来没有想过我会来到这里，赢得'最差'奖，这不是我曾经立志要实现的理想。但我仍然要感谢你们，我会将你们给我的批评当作一笔最珍贵的财富。"

　　她最后对大家说："请相信，我不会停下来，我今后会带给大家更精彩的表演。"

　　听到这些话，人们给了她一阵又一阵热烈的掌声。

　　颁奖过后，记者围住了哈莉·贝瑞。有的问："您为什么不怕丢丑前来领奖？"

　　她说："我认为，作为一个演员，不能只听他人的溢美之词，而拒绝接受别人对自己的批评和指责。既然我能参加奥斯卡颁奖典礼并接过小金人，那么我也就应该有勇气去拿金酸莓的奖杯。"

　　有的问："您将如何保存这个奖杯？"

　　她举起手中的"最差"女主角奖杯说："我要将它放在我厨房里，我每天都会面对它。它很有分量，就是全世界的赞扬和恭维像飓风一样袭来的时候，只要看它一眼，我就不会被吹到云彩上面去。在许多人都赞扬和恭维的时候，批评和指责的声音是最珍贵的，因为它使人清醒，让人不会头脑发热到自己找不到自己。我一直将批评和指责当作最珍贵的财富。"

　　当有人请她留言签名的时候，她写下了小时候妈妈千叮咛万嘱咐的一句话：

　　"如果不能做一个好的失败者，也就不能做一个好的成功者。"

八倍努力的足迹

导读：

爱因斯坦说："在天才和勤奋两者之间，我毫不迟疑地选择勤奋，她是几乎世界上一切成就的催产婆。"像爱因斯坦这样的天才，都如此看重勤奋的作用，更何况是我们普通人。在生活中，我们经常会惊奇地发现，那些获得成功的人往往不是最聪明的人，而是最勤奋的人。

1954 年 11 月 14 日，一个黑人女孩出生于美国亚拉巴马州的伯明翰。她就是康多莉扎·赖斯。她的父亲曾任丹佛大学副校长，母亲是小学音乐教师。

从女儿懂事起，父母就反复告诉她："如果你付出双倍的努力，就能赶上白人的一半；如果你付出四倍的努力，就能与白人并驾齐驱；如果你付出八倍的努力，就一定能将许多白人甩在身后。"

从刚懂事开始，赖斯就在人生的跑道上留下了付出八倍努力的足迹。

1958 年，年仅 4 岁的她为了表示对一位老师的敬意，在一个咖啡馆举行了首场独奏音乐会，展示了她跟母亲学弹钢琴的成绩。

1965 年，父亲带着 11 岁的赖斯去华盛顿游玩，并在白宫的总统办公室桌前拍照留念。父亲满怀深情地对她说："即使你在餐馆里连一个汉堡也买不起，你也有可能当上美国总统。"当时，她说出了一句让父亲无比欣慰的话："总有那么一天，我会在白宫工作。"

1969 年，15 岁的她便成为丹佛大学的学生，学习英国文学和美国政治学。

1974 年，20 岁的她大学毕业，成为获得政治学荣誉奖的学生之一，同时她还获得杰出高年级女生奖。

1975 年，她获得圣母大学的政治学硕士学位。

1981 年，27 岁的她获得丹佛大学国际研究生院政治学博士学位，成为斯坦福大学教授。

1985 年至 1986 年，她任胡佛研究院研究员。

1988 年大选后，老布什总统的国家安全事务助理斯考克罗夫特，把赖斯揽到门下，让她主管苏联事务。

1989 年，刚满 34 岁的赖斯出任乔治·布什总统的国家安全事务特别助理，成为有史以来美国政府中职位最高的黑人妇女。

1993 年至 1999 年，她出任斯坦福大学教务长，成为该校历史上最年轻的教务长，也是该校第一位黑人教务长。

2000 年，在美国大选时，她作为共和党总统候选人乔治·沃克·布什的首席对外政策顾问，出谋划策。布什当选总统后，任命她为总统国家安全事务助理，成为布什总统的得力助手。

2001 年 1 月 22 日，布什正式入主白宫。他率领内阁高级官员在白宫东翼大厅举行了就职宣誓仪式，赖斯站在布什高级顾问卡尔·罗夫的左侧："我，康多莉扎·赖斯庄严宣誓，我将支持并保卫美国宪法不受任何国内外敌人的侵犯；我将对美国宪法保持忠诚；我是自愿承担这一义务的，精神上无所保留与逃避；我将忠实履行将要就任的职务。愿上帝帮助我。"

2002 年 2 月，赖斯随布什总统访华。

2004 年 7 月，赖斯对中国进行访问。

2004 年 8 月，美国《福布斯》杂志评出世界 100 位最有影响力的女性，50 岁的赖斯名列榜首，而美国第一夫人劳拉·布什屈居第四，前第一夫人希拉里则排在第五位。

2005 年 1 月，她出任国务卿，是继克林顿政府的马德琳·奥尔布赖特之后美国历史上第二位女国务卿。布什对她给予高度的赞扬，国务卿是"美国的脸"，"世界将从赖斯博士的身上看到美国的力量、仁慈和风度"。

康多莉扎·赖斯付出八倍努力的足迹，似乎在告诉黑人，在告诉白人，在告诉天下所有的人：尽管人生下来就存在着种种的不平等，但加倍努力无疑是可以改变卑微命运的成功之母。

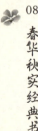

赤脚走到美国的非洲青年

导读：

　　一个人可以贫穷、困顿、潦倒、低微，但是不可以没有梦想。只要梦想存在一天，就有改变自己处境的机会。梦想不会抛弃苦心追求的人，只要不停止追求，我们便会沐浴在梦想的光辉之中。正如文中的这个非洲青年，他的梦想是到美国读书，可是，对于他来说想要实现太难了。可是，他靠着不懈地努力，终于实现了自己的梦想。

在非洲国家马拉维北部的一个小村落，有一个 17 岁的青年——黎格逊·凯伊拉。他品学兼优，很爱读书，尤其爱看名人传记。当他看了《林肯传》之后深受感动，决心要做一个有益于自己国家和人民的人。

凯伊拉与妈妈商量："我想到美国去上大学，您能答应我去吗？"

他妈妈并不知道美国在哪里，有多远，只是相信自己这个从小就特别懂事的孩子。她几乎是不假思索地说："你可以去，什么时候动身呢？"

凯伊拉想，一旦妈妈知道自己将走过崇山峻岭，渡过江河海洋，一定会万分担忧，一定会改变主意，于是便说："我明天就出发。"

妈妈说："好，我多准备一些玉米饼，给你带在路上吃。"

第二天，凯伊拉紧紧地拥抱了妈妈，擦去了泪水，便头也不回地上路了。他的第一个目标是走到 3000 英里之外的开罗，然后想办法搭船前往美国。可才走了几天，随身携带的食物就全吃光了。他身无分文，但还是想出了一个解决旅途吃住的好办法：每天走一段路，从一个村子出发，走到下一个村子休息，然后通过自己的劳动，来向村里人换取必需的食物、饮水和睡觉的地方。

一年后，凯伊拉已步行了 1000 多英里，到达了乌干达。在那里，有个善良的家庭收留了他。他在当地找到了一个制砖的工作，干了 6 个月，把所赚的钱大部分寄给了母亲。

在乌干达的首都坎帕拉，凯伊拉无意中看到一本《到美国大学的留学指南》。他随意翻了翻，得知美国大学会给优秀青年提供奖学金。于是，他给指南上的一些大学写了请求奖学金的申请。尽管他估计可能会遭到拒绝，但却毫不气馁。用他的话说："试一试可能失败，

春华秋实经典书系

但不试肯定不能成功。"过了 3 个星期，他得到了喜讯：位于华盛顿维农山的史卡吉特谷学院同意给他全额奖学金。

凯伊拉立刻前往当地的美国办事机构办理签证手续，但对方告之："我们需要看到你的护照和往返的旅行费用之后，才能帮你办理签证。"

凯伊拉赶紧写信向本国政府申请护照，但被拒绝了。因为，他说不准自己出生的年月日。于是，他又写信向童年时曾教导过自己的传教士求援。在传教士的帮助下，他终于拿到了护照。

往返的旅行费用从哪里来呢？凯伊拉虽然无法筹措到，但却依旧保持着一定要到美国大学读书的坚定信念。于是，他又朝气蓬勃地踏上了徒步的旅途。不用细说，他还是采取老办法——从一个村子出发，到下一个村子休息，用换工的方式解决吃与住的难题。

凯伊拉深信自己的梦想一定能实现，于是用最后的一点钱买了生平的第一双鞋子，并把它放在自己的包里，生怕被磨损。他想，我总不能光着脚走进大学吧。

凯伊拉穿过乌干达，来到了苏丹，来到了喀土穆。他找到当地的美国领事馆，详细地讲述了自己的坎坷经历与无比渴望。

热心的美国领事对凯伊拉十分欣赏，并亲笔写信，将他的困难告诉了史卡吉特谷学院。

几个月之后，在史卡吉特谷学院的大力帮助下，凯伊拉穿着第一套学生装和第一双鞋子，昂首挺胸地走进了学院的大门。

在开学典礼的大会上，史卡吉特谷学院的领导请凯伊拉以新生代表的身份发言。他发自肺腑地感谢了一切帮助过自己的人，同时激动地说一段博得热烈掌声的话：

"当上帝把一个看似不可能实现的梦想放在我们心中的时候，就已经是对我们的莫大关爱了。我们要牢牢记住，在任何艰难险阻面前，都没气馁的理由。如果气馁了，就要鞭策自己，马上振作起来。只要我们唤醒了自己心中的巨人，就会拥有激情、勇气和力量，就会义无反顾地向前、向前、再向前。在这个世界上，没有登不到顶的山，没有渡不过去的水，也没有走不完的路。永远按照积极思维的原则努力，这就是我心中的巨人，这就是我能从非洲赤脚走到美国的真相。"

春华秋实经典书系

一万小时定律

导读：

华罗庚说："聪明出于勤奋，天才在于积累。"门捷列夫说："没有加倍的勤奋，就既没有才能，也没有天才。"天才和普通人之间的区别也许只是在于天才所付出的努力要远远高于普通人。本文中，作者通过几个例子发现，那些在各个领域出类拔萃的人，付出的辛劳往往是一般人的十倍，甚至是百倍。他们成功的原因不在于天赋，而在于勤奋。

上世纪九十年代初，心理学家安德斯·艾瑞森带领自己的科研团队，在柏林高级音乐学院研究了天才是如何脱颖而出的课题。

安德斯·艾瑞森在校方的配合下，将小提琴班的学生按优秀程度分为三组：第一组由最优秀的明星学生组成，他们个个都有发展成世界级演奏家的潜质。第二组由比较优秀的学生组成。第三组由那些将来不太可能成为职业演奏家，只可能在学校当音乐教师的学生组成。

这三组的学生都按要求回答了一个共同的问题：从第一次接触小提琴算起，至今练琴一共花了多少小时？

从这三组学生的回答中可以分析出，从五岁到八岁这段时间，他们的练琴情况基本相同：都是在五岁前后第一次接触的小提琴；在最初几年，他们的练琴时间每周都是二三个小时。

从这三组学生的回答中还可以分析出，到了八岁之后，他们的练琴时间产生了较大的差别：第一组学生随着年龄的增长，练琴的时间也在不断增长，比其他两组学生的练琴时间多了许多。具体地说就是，九岁时每周为六小时，十二岁时每周为八小时，十四岁时每周为十六小时，二十岁时每周为三十小时。这就是说，到了二十岁，最优秀的明星学生的练琴时间，已经累计到一万小时。第二组比较优秀学生的练琴时间，已经累计到八千小时。第三组将来可以在学校当音乐教师的学生的练琴时间，累计只有四千小时多一点。

安德斯·艾瑞森还带领自己的科研团队研究了职业钢琴家与业余钢琴家在练琴时间上的差别，其结果与在柏林高级音乐学院研究的结果基本相同：职业钢琴家的练琴时间随着年龄的增长而不断增长，到二十岁时的练琴时间已经累计到一万小时。业余钢琴家在儿

童时期每周的练琴时间从未超过三小时；到了二十岁，练琴时间累计只有两千小时。

通过上面的研究，安德斯·艾瑞森带领的团队得出了如下的结论：根本没有什么命里注定的小提琴和钢琴的演奏天才，也就是说，没有谁不经过刻苦训练就能成为卓尔不凡的演奏天才。使小提琴和钢琴演奏家脱颖而出的唯一方法就是：刻苦训练。特别是那些顶级演奏家，他们的训练极其刻苦，付出的辛劳往往是一般人的十倍，甚至是百倍。

英国神经学专家丹尼尔·莱维汀从更大的范围内研究了天才是如何脱颖而出的课题之后，提出了一个重要的观点："任何一个世界级水平的专家，都需要经过一万小时的刻苦训练。"他写道："随着研究不断深入后发现，作家、棋手、作曲家、钢琴师、溜冰选手、篮球运动员，甚至江洋大盗，无论是什么领域的领军人物，一万小时这个神奇的数字一而再、再而三地不断出现。当然，这并不能解释为什么有些人能从等量的训练中获得更好的训练效果。但可以肯定的是，目前还未发现任何一位世界级的专家在其专业领域上的训练少于一万小时这个数字。大脑好像必须花费那么长时间的消化理解，才能达到极其精通的水平。"简要地说，无论是掌握何种复杂技能，刻苦训练一万小时是能够脱颖而出的临界量。

不久前，美国作家马尔科姆·葛拉威尔在《异数》一书中，对天才是如何脱颖而出的研究成果做了简洁的概括。他说："人们眼中的天才之所以卓越非凡，并非天资超人一等，而是付出了持续不断的努力。只要经过一万小时的锤炼，任何人都能从平凡变成超凡。"他解释说，任何天才，都是经过刻苦训练的人。要成为某个领域的专家,一般都需要经过一万小时的训练。如果按每天训练三四个小时、一周训练五天来计算,那么要成为某个领域的专家,大体需要经过十年的时间。他将这种理论称之为"一万小时定律"。

古今中外有许多名言警句,都很精练地表达了"一万小时定律"的思想精华。比如爱迪生说:"天才是百分之一的灵感加上百分之九十九的汗水。"比如鲁迅说:"哪里有天才,我是把别人喝咖啡的工夫都用在工作上的。"比如华罗庚说:"勤能补拙是良训,一分辛苦一分才。"还有,"十年磨一剑","板凳要坐十年冷"等等。

"一万小时定律"可以给渴望有所成就、有所奉献的人一个非常有益的启示:在某个专业领域,坚持一万小时刻苦训练的过程,就是从平凡走向超凡的过程,就是出类拔萃、脱颖而出的过程,甚至是决定命运、受益终生的过程。

多一点定律

导读：

时间就好像海绵中的水，挤一挤总会有的。看似不起眼的几分钟时间，如果积累起来，也可以完成很多事情。在本文中，动物学家渥沦·哈特葛伦、导演伍迪·艾伦和文学研究家奥斯勒都深知这个道理，他们把一点一滴的时间充分地利用起来，最终都取得了成功。而我们则从这个故事中悟出了一个道理，即成功的秘诀只有四个字："多一点点。"

渥沦·哈特葛伦年轻的时候是个普通的挖沙工人，但立志要成为研究南非树蛙的专家。他明白，靠自己中学毕业的文化基础，是远远不够的。于是，他从1969年开始，就把大部分时间和精力用在了研究上。他每天都收集150个标本，共做了大约300万字的笔记，全面地掌握了南非树蛙的生活规律，并提取了一种极为罕见的能预防皮肤病的药物。他获得了哈佛大学的博士学位，成为世界著名的动物学家，并成为美国《时代》周刊的封面人物。

渥沦·哈特葛伦曾问过一位年轻人："是否了解南非树蛙。"

年轻人坦白地说："不知道。"

渥沦·哈特葛伦诚恳地说："如果你想知道，就每天花5分钟的时间阅读相关资料。这样，5年后你就会成为精通南非树蛙的人，成为这一领域的权威。"

年轻人当时未置可否，但后来却常常想起渥沦·哈特葛伦的这番话，觉得这番话道出了许多人生哲理。后来，年轻人努力把时间和精力投入到自己的事业上，终于成就了一番事业，成了国际知名的电影导演。他的名字叫伍迪·艾伦。

与渥沦·哈特葛伦希望大家能珍惜5分钟的学习时间相似，医学专家奥斯勒希望大家能珍惜15分钟的学习时间。

奥斯勒在医学方面有过很多贡献，比如医学上以他的姓氏命名的术语有奥斯勒结节、奥斯勒氏病等。他是一个身兼许多工作而又极端负责的人，除了睡觉、吃饭外，时间几乎完全被工作排满了。

为了挤出时间读书学习，奥斯勒为自己定下一个不可变通的制度："每天睡觉之前必须读15分钟的书。"不管忙到多晚，就是凌晨两三点钟走进卧室，他也一定要读完15分钟的书之后才肯入睡。

奥斯勒常对别人说："每天读 15 分钟的书似乎微不足道，但持之以恒地坚持数年，就会有不可轻视的积累。"

奥斯勒是这样计算的：每天读书 15 分钟，一周就是 105 分钟，一个月按 30 天算就是 450 分钟，一年就是 5400 分钟，50 年就是 270000 分钟，大体相当于 4500 小时，1875 个日夜。

按一般人的阅读速度计算，一分钟可以阅读 300 字，15 分钟便能读 4500 个字，一周可读 3.15 万字左右，一个月按 4 周算读完 12.6 万字没有问题。那么一年呢，将读完 151.2 万字了。如一本书平均以 7.5 万字算，每天读 15 分钟，一年就可读 20 本书。

奥斯勒睡前读书 15 分钟的制度，整整坚持了半个世纪之久。他共读了 8235 万字，1098 本书！

每天坚持睡觉之前读 15 分钟的书，使奥斯勒不仅成了一位著名的医学专家，而且还成了一位著名的文学研究专家。

渥沦·哈特葛伦与奥斯勒的故事，是"多一点定律"的很好证明：比别人多一点努力，就会多一点成绩；比别人多一点坚持，就会多一点胜利；比别人多一点执着，就会多一点奇迹；比别人多一点志气，就会多一点出息。

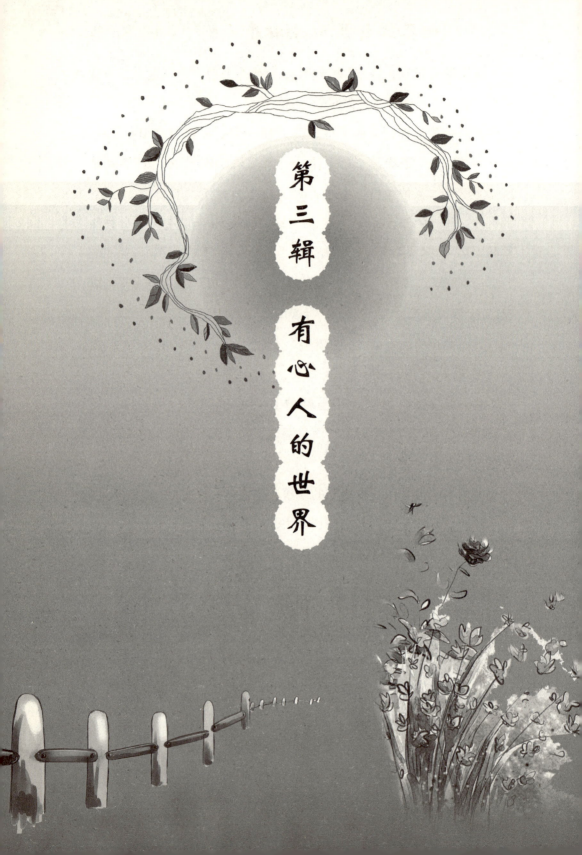

第三辑　有心人的世界

清代文学家蒲松龄有一副自勉联：有志者事竟成，破釜沉舟，百二秦关终属楚；苦心人天不负，卧薪尝胆，三千越甲可吞吴。这副自勉联写了项羽和勾践取得战争胜利的故事。项羽在带领起义军和秦国战斗的时候，砸碎了锅，凿沉了船，以表达决战到底的信心，最终取得了那场战争的胜利；勾践被吴国打败后，每天卧薪尝胆，以不忘亡国之耻，最终灭掉了吴国。这两个故事告诉我们，有心的人，做事一定会成功。

人生需要自己去拼搏、去奋斗，在风雨中百折不挠，勇往直前。流泪不代表失落，徘徊不代表迷惑，成功往往属于那些战胜失败、坚持不懈、执着追求梦想而又异常自信的人。成功的道路是漫长的，而且会布满荆棘。只有那些肯下功夫的有心人，好运才会青睐于他。

思考是勤奋的眼睛

导读:

　　人类和动物的不同之处便是人具有独立思考的能力，而动物没有。所以，思考是人类特有的能力，更是人类最宝贵的财富。正如亚里士多德说的："人生最终的价值在于觉醒和思考的能力，而不只在于生存。"本文中，作者为我们列举了伐木工人、卢瑟福教授和比尔·盖茨关于思考的故事，告诉了我们思考的重要性。

有个年轻的伐木工人，在一家木材厂找到了工作，工作条件挺好，报酬也不低。老板给他一把利斧，并给他划定了伐木范围。他很珍惜，下决心要好好干。

第一天，他砍了 18 棵树。老板高兴地说："不错，就这么干！"工人很受鼓舞。

第二天，他干的更加起劲，但是只砍了 15 棵树。

第三天，他加倍努力竭尽全力，可是仅砍了 10 棵树。

工人觉得很惭愧，跑到老板那儿道歉，说自己也不知道怎么了，好像力气越来越小了。

老板问他："你上一次磨斧子是什么时候？"

"磨斧子？"年轻工人悔悟地说，"我天天忙着砍树，竟忘记了抽出时间磨斧子！"

伐木需要磨斧子，工作需要什么呢？

有一天深夜，著名的现代原子物理学的奠基者卢瑟福教授走进自己的实验室，看见一个研究生仍勤奋地在实验台前工作。

卢瑟福关心地问道："这么晚了，你在做什么？"

研究生答："我在工作。"

"那你白天做什么了？"

"我也在工作。"

"那么，你整天都在工作吗？"

"是的，导师。"研究生带着谦恭的表情承认了，似乎还期待着卢瑟福的赞许。

卢瑟福稍稍想了一下，然后说道："你很勤奋，整天都在工作，这自然是很难得的，可我不能不提醒你，你用什么时间来思考呢？"

卢瑟福对勤奋的质疑，使研究生明白了用足够的时间来思考的重要。

有位记者曾问年轻的"微软"公司总裁比尔·盖茨："你成为当今全美首富，个人资产高达550亿美元，成功的主要经验是什么？"

比尔·盖茨十分明确地回答说："一是勤奋工作，二是刻苦思考。"

行成于思毁于随，思考是智慧之花开放的前夜。一次深思熟虑，胜过百次草率行动；一天思考周到，胜过百天徒劳。一个善于思考的人，才是力大无边的人。爱因斯坦说得好："要善于思考、思考、再思考，我就是靠这个学习方法成为科学家的。"

刻苦思考可以避免勤奋工作的盲目性，勤奋工作离不开刻苦思考。刻苦思考是勤奋工作的眼睛，就像理论是实践的眼睛一样。

春华秋实经典书系

让困难开出智慧之花

导读：

　　人的成长总是和困难相伴的。但困难并不可怕，可怕的是缺少克服困难的勇气和决心。面对困难时，只要我们认真思考，总会想出解决办法。人在身处逆境时，适应环境的能力是非常惊人的，因为人有着惊人的智慧，只要能够好好发挥它，就一定能渡过难关。本文中作者举了几个以智慧克服困难的故事，告诉人们只要勤于思考，就可以让难题开出美丽的智慧之花。

让·巴蒂斯特·伊萨贝是法国杰出的画家。他画的肖像栩栩如生，细致入微，近乎完美。《拿破仑在马尔宫》是他的代表作，至今仍是人物画的范本。

1815 年，伊萨贝应邀前往维也纳，为在那里集会的欧洲各国使节画一幅集体肖像。

法国外交官塔列朗私下找到伊萨贝，要求把自己安排在肖像画的中央："一定要把我画在正中间最醒目的位置上，否则就不要画我。"塔列朗是这次集会里举足轻重的人物，伊萨贝只好答应了。

第二天，集会的核心人物惠灵顿公爵也找上门来，对伊萨贝说："请把我安排在画中最重要、最显赫的位置上。如果你不答应，我就退出群像画。"伊萨贝也不便怠慢，只好答应一定照办。

天底下没有不透风的墙，这件事很快就被周围的人知道了。大家都说，伊萨贝胡乱许诺，简直是昏了头，在这两个人中，他至少要得罪一个人。

伊萨贝本人却毫不慌张，一副若无其事、悠然自得的样子，总是笑着说他自有安排。因为他是先给每个成员单独画像，然后再组合成群像，所以在画完成之前，人们都不知道他葫芦里卖的是什么药。一时间，肖像画成了维也纳人议论和猜测的一个中心。

完工那天，画室里来了很多人，有被画的人，有来欣赏的人，也有看热闹不怕乱子大的人。人到齐了，伊萨贝胸有成竹地走到肖像画前，自信地揭下了遮在画上的白布。人们的目光同时聚焦在画上，房间里一片寂静，只有钟表嘀嗒作响。突然，塔列朗和惠灵顿公爵同时哈哈大笑起来。大家这才缓过神来，掌声和赞叹声不绝于耳。

原来在这幅画中，外交官塔列朗坐在会议大厅正中央的一把椅

子上，其他人站在他周围，而惠灵顿公爵正昂首阔步地走进大厅，画像中所有人的目光都转向公爵，脸上露出钦佩与羡慕的神情……

中国有一位剧场经理，也曾遇到过类似伊萨贝所遇到的难题。

这位剧场经理同时请三个著名演员到剧场同台演出，但没想到，他们都提出一个同样的要求，即在海报上把自己的名字排在最前面，否则，就退出演出。这显然是个令人头疼的难题。

剧场经理想，三位名演员同台献艺的消息早已传出，不可能改为个人专场演出，何况这三位名演员都是走红明星，得罪哪一个都对剧场经营不利。不过，剧场经理略经思索之后，还是满口答应了他们每一个人的要求。

到了演出那天，三位演员到剧场一看，海报没有像以往那样挂在墙上，而是一个不停转动的大灯笼。三位演员的名字都写在灯笼上，三个名字转圈地出现，谁都不能说自己的名字被排在了后面，谁都可以说自己的名字排在前面。于是，三位演员皆大欢喜地参加了演出。

在这个世界上，不仅是有困难就有办法，而且是办法总比困难多。困难的难度越大，解决困难的办法就显得越精彩。只要勤于思考，善于思考，就可以让难题开出美丽的智慧之花。

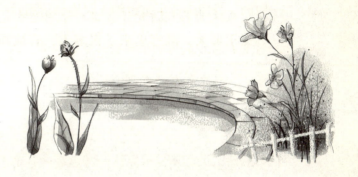

有心人的世界

导读：

　　"世上无难事，只怕有心人。"这是广为流传的一句话，意思是世界上没有什么办不到的事情，只要肯下决心去做，任何困难都能克服。本文为我们讲述了著名作家海岩在毫无写作经验的情况下，通过自身努力成为一个优秀作家的故事。人只要用心钻研，有耐心，有毅力，什么困难都能迎刃而解。这个世界是有心人的世界。

　　22年前，著名的畅销书作家海岩还是一个默默无闻的人。他每天晚上八九点钟就不看电视了，准时地回到自己的小屋。家人都以为他是去睡觉了，其实他在偷偷摸摸地写一部长篇小说。当时家里还没有空调，小屋里非常热，但他天天坚持写到深夜。写完多少，他就往壁柜里面藏多少，家里人一直都不知道。

　　为什么要偷偷摸摸地写呢？因为海岩只上了四年小学，连小学都没毕业，他怕别人说自己"不务正业"，怕别人说自己"好高骛远"。

　　海岩就是在这样的状态下，写成了自己的第一部长篇小说《便衣警察》，共47万字。

　　有一天，父亲在壁柜找东西，无意中发现了这些手稿，就问："海岩，这是谁写的？你是不是在写东西啊？"

　　海岩只好承认了。于是，父亲成了第一个读者。过了几天，他问父亲："写的怎么样啊？"

　　父亲说："什么怎么样？写的什么乱东西？我要不是你爸，根本就不看。"

　　隔了两天，父亲问："后边的书稿呢？"海岩暗自高兴，看来父亲是感兴趣了，是想继续看下去。

　　海岩带着书稿，满怀希望地找到了中国青年出版社的一个副总编。副总编问：你写没写过短篇呀？你写没写过中篇呀？你写没写过散文啊？"

　　海岩说："都没写过。"

　　"那你参加过我们社或者其他社里举办的创作培训班吗？"

　　"没有。"

　　"那你给报纸写过什么小通讯或小稿吗？"

"也没有。"

"哦！如果这样的话，那我就不看了吧。馒头得一口一口地吃，碉堡得一个一个地拿，仗得一个一个地打。你呢，先从小的学起，然后再去攻长篇这个堡垒。你说对不对？"

海岩只好把书稿抱了回来，可他不死心，这毕竟是自己一笔一画、一个字一个字写出来的47万字！于是，他又把书稿寄给了人民文学出版社的总编。

海岩等了三个月，既没有回话，也没有退稿，便去找总编。尽管总编的办公桌上堆了很多稿子，他还是一眼看到自己的书稿还没拆封呢！

总编问："你写的是什么啊？"

海岩说："我写的是警察。"

"那你寄到群众出版社去吧。我们这是一个文学出版社，我们这儿不大出这种写警察的东西。何况邮寄来稿的采用率，也只有千分之二。"

"写警察的东西就不是文学吗？"

"群众出版社更乐意出这些东西。要不我们帮你寄？"

海岩说："书稿已经在这里躺了三个月了。这样，你先少看一点。如果你咬一口，觉得是石头，就不往下咬了。如果觉得是馒头，你就再咬一口。"

总编反问："你就这么自信？"

"看完一章，你觉得不能往下看了，你就退回给我。也有可能你看完第二页纸，你就会觉得咬到馅了！"

总编同意了。隔了一个月，海岩得到了出版社的通知：长篇小

说《便衣警察》于 1985 年出版。

《便衣警察》出版之后，引起轰动，获首届金盾文学一等奖、全国首届侦探小说佳作奖；电视连续剧剧本《便衣警察》获飞天奖、金鹰奖和金盾影视剧本奖。

《便衣警察》出版之后，海岩连续八年保持每年 80 万字的惊人出版量。他的代表作还有：《一场风花雪月的事》《永不瞑目》《拿什么拯救你，我的爱人》《玉观音》《平淡生活》《深牢大狱》《海岩文集》(7 卷)、小说集《死于青春》等。如果要评出个"最勤奋作家奖"，海岩大概是当之无愧的了。

前不久，杨澜采访海岩之后，在总结自己最深刻的印象时写道："他的经历证明，只要你是有心人，这人生啊，敢情就没有什么是被浪费的。"

不错，从根本上说，这个世界，既不是有钱人的世界，也不是有权人的世界；既不是有靠山人的世界，也不是有文凭人的世界，而是有心人的世界。

乘着梦想的翅膀

导读：

　　每个人都有梦想，没有梦想就没有了生活的乐趣，就没有了生活的动力。就像人们常说的，有了梦想才会有奋斗的目标。梦想就像一粒种子，只有那些勤劳、勇敢、拥有坚持不懈精神的人才能让它开花结果。本文中，残疾姑娘杰西卡·考克斯凭借自己不断的努力，实现了自己的梦想。她乘着梦想的翅膀，飞翔到了自己的幸福彼岸。

在美国西南部亚利桑那州的图森市，有一位 25 岁的姑娘杰西卡·考克斯。她先天不足，生下来就没有双臂。至今，美国医生也不明白她失去双臂的原因。

杰西卡·考克斯的父母费尽心血请医生为她安装了一对假肢，然而她却讨厌佩戴假肢。因为她使用假肢时，总觉得自己是个残疾人。14 岁的时候，她破釜沉舟，毅然决然地将那副假肢扔进了壁橱里，并决心把自己的双脚锻炼得像双手一样灵活，像正常人一样可以做任何事情。

为了让自己的双脚保持柔韧有力，杰西卡·考克斯不仅经常走路，而且学会了游泳，通过走路和游泳的方式锻炼自己的双腿。她深有体会地说："保持双腿的力量和柔韧度非常重要，这是我双脚如此强壮与敏捷的关键。"

最近，医院对她进行了一次全面体检，医生分析了 X 光照片感到十分惊讶：她的脚趾关节看起来更像是手指关节，因为她的脚趾头竟然能像手指一样自由弯曲。

功夫不负有心人。如今，没有双臂的杰西卡·考克斯不仅学会了用双脚写字、打电脑、弹钢琴，学会了用双脚驾驶汽车，成功地考取了汽车驾驶执照，而且还获得了亚利桑那大学的心理学学士学位和跆拳道的"黑腰带"。

最令人意想不到的是，杰西卡·考克斯又学会了用双脚驾驶轻型运动飞机。当她驾驶飞机时，能够熟练地用一只脚管理控制面板，用另一只脚操纵驾驶杆，显得非常冷静、沉着和稳定。实践证明，她是一个很出色的飞行员。2008 年 12 月 1 日，她顺利地通过了私人飞行员驾照考试。有了这个驾照，意味着她可以驾驶一架轻型运动飞机在 3000 米的高空中自由飞翔。

美国圣曼纽尔市雷·布莱尔机场42岁的帕里什·特拉威克，是杰西卡·考克斯的飞行教练。他曾培训出许多优秀的飞行员，但却没遇到像她这样的学员。他多次由衷地赞叹："当杰西卡·考克斯驾驶一辆汽车来报名学习驾驶飞机的时候，我就立即预感到她驾驶一架飞机应该毫无问题。一旦你和她在一起待上20分钟，你就会感到她有极强的自立能力，甚至会忘掉她是没有双臂的人。她用榜样的力量告诉人们，每个人都可以克服各种先天不足，每个人都可以创造奇迹。她简直是太令人难以置信了，甚至一些健全飞行学员的飞行能力都无法和她相比。杰西卡·考克斯创下了美国飞行史上的先例，成为美国历史上第一个只用双脚驾驶飞机的合法飞行员！"

身残志坚的杰西卡·考克斯给许多美国人都带来了巨大的精神鼓舞。她经常到美国各地进行巡回演讲，讲述自己学会靠双脚生存和奋斗的感人故事。至今，她已在美国的学校、部队、机关、企业等演讲过数百场。她对自己能够给他人以激励，感到非常欣慰。事实上，她不仅只在演讲时才能给别人以激励，而且在日常生活中的每时每刻都能给别人以激励。目前她一边将自己的故事写成一本书，一边和出版商进行联系。她要将这本名为《乘着梦想的翅膀》的书献给自己的父母，献给所有帮助过她的朋友，献给一切热爱生活的人们。

春华秋实经典书系

杰西卡·考克斯要在将来出版的书中扉页上写下自己在演讲中反复强调的话：

"不管是什么人，只要不怕困难，不断超越自己，每个人都可以乘着梦想的翅膀自由飞翔。"

一个人的心有多大，舞台就有多大；思想有多远，就能走多远；梦想有多高，就能飞多高。

认识自己是有所作为的开始

导读：

　　任何事物，都有属于自己的独特性，只要能够正确认识自己，它们就能在生活中找准自己的位置，实现其生命的价值。我们人类更是如此，只有正确认识自己，才能在纷繁复杂的人生中找准自己的位置。本文中，作者为我们举了爱因斯坦拒绝做总统候选人的例子，爱因斯坦就是准确地认识了自己，就像他自己说的，他可以做一名优秀的科学家，却做不了一个总统。

1952 年 11 月 9 日，爱因斯坦的老朋友、以色列首任总统魏茨曼逝世了。在此前一天，以色列驻美国大使将以色列总理本·古里安的信转给了爱因斯坦。信中说，将正式提名爱因斯坦为以色列共和国总统候选人。

当天晚上，一位记者给爱因斯坦打电话询问："听说要请您出任以色列共和国总统，您会接受吗？"

爱因斯坦断然地回答："不会。我当不了总统。"

记者说："其实总统没有多少具体事务，其位置是象征性的。教授先生，您是最伟大的犹太人，不，不，您是全世界最伟大的人之一，由您来担任以色列总统，象征犹太民族的伟大，这的确是再好不过的事情了。"

"不，我干不了。"他再次明确地说。

爱因斯坦刚放下电话，电话铃又响了，是以色列大使打来的。大使说："教授先生，我奉以色列共和国总理本·古里安的指示，再次向您征求意见：如果提名您当总统候选人，您愿意接受吗？"

爱因斯坦回答："大使先生，关于自然，我了解一点；关于人，我几乎一点也不了解。我这样的人，怎么能担任总统呢？请您向报界解释一下，帮助我解释解释。"

春华秋实经典书系

大使进一步劝说："教授先生，您想一想，已故总统魏茨曼不也是教授吗？您是一定能胜任的。"

"不，魏茨曼和我不是一样的。他能胜任，我不能。"

大使恳切地说："教授先生，每一个以色列公民，全世界每一个犹太人，都在期待着您呢！"

"同胞们的信任令我十分感动，但我知道自己不适合当总统。"

此后不久，爱因斯坦在报上正式发表声明，公开谢绝出任以色列总统。他说："我整个一生都在同客观物质打交道，既缺乏天生的才智，也缺乏经验来处理行政事务以及公正地对待别人。所以，本人不适合如此的高官重任。"他还说："方程对我更重要些，因为政治是为当前，而方程却是一种永恒的东西。"

在2000多年以前，古希腊人就把"认识自己"作为铭文刻在德尔斐神庙。但能像爱因斯坦那样清醒地认识自己，终究是一件很不容易的事情。即使是出类拔萃的伟人，也往往要经过艰辛而漫长的跋涉，才能正确地认识自己。

马克思年轻时曾想做个诗人，也曾经努力写过一些诗，但很快就发现这并不是自己长处，便毅然把自己的精力转到社会研究上了。如若不然，在国际共产主义运动史上，恐怕要失去一颗耀眼的明星。

歌德一度没能充分了解自己的长处，决心当画家，他因此而浪费了10多年的宝贵光阴。

鲁迅弃医从文，最终成为一代文学巨匠。

齐白石原来是木匠，后来成了一位著名画家。

认识自己，才能有所不为；有所不为，才能有所作为。在这个意义上可以说，认识自己是有所作为的开始。

敲开世界名校大门的申请信

导读：

去美国的名校读书，是我们每一个人的梦想，但想要得到名校的录取通知书却很难。近年来，越来越多优秀的中国学生开始把目光转向美国的知名大学。中国已经成为一个经济大国，优越的外语培养环境和重视教育的文化传统，使更多学生具备了冲击美国大学的条件。本文为我们介绍了一位收到美国多个名校录取通知书的中国学生，并分析了他为什么能被这么多名校青睐的原因。

　　王正阳是成都外国语学校的高三文科生。他从小就喜爱英语，初中时拿过全国英语比赛二等奖；高中时拿过全国英语比赛一等奖，还代表四川省高中生参加了模拟联合国会议。高一他被选派到美国交流学习时，爱上了那里课堂上允许自由辩论的氛围。高中毕业前，他一方面准备参加国内高考，另一方面准备申请到美国的名牌大学学习。

　　美国大专院校的录取方式与中国的截然不同，没有一次定终身的全国统一高考。学生们只需在中学毕业前参加一个标准考试，分数作为是否录取的参考。除此之外，主要看学生的平时成绩、推荐信、课余工作的履历和申请信。申请信既是自我介绍的综合材料，又是展示自身素质的综合材料，自然是很重要、很有分量。王正阳将自己精心撰写的申请信——《我和蝴蝶的故事》，分别寄给了十几所美国大学。他在此文中写道：

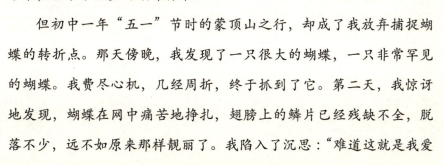

　　小学时我过生日的那天，爸爸送给我一盒蝴蝶标本，五彩斑斓，漂亮极了。从那时起，我就爱上了这些小精灵。我开始搜集捕捉蝴蝶的工具，周末和爸爸妈妈一起到山里捕捉蝴蝶。我一边捕捉一边制作标本，几年下来，积累了很多的蝴蝶标本。

　　但初中一年"五一"节时的蒙顶山之行，却成了我放弃捕捉蝴蝶的转折点。那天傍晚，我发现了一只很大的蝴蝶，一只非常罕见的蝴蝶。我费尽心机，几经周折，终于抓到了它。第二天，我惊讶地发现，蝴蝶在网中痛苦地挣扎，翅膀上的鳞片已经残缺不全，脱落不少，远不如原来那样靓丽了。我陷入了沉思："难道这就是我爱蝴蝶的最好方式吗？难道我有权力来决定蝴蝶的生存或死亡吗？”

这只大蝴蝶，是我捕捉的最后一只蝴蝶。从那以后，我毅然决然地放弃了捕捉蝴蝶。我将对蝴蝶的爱，转移到了对它的研究上，转移到了关注蝴蝶生态的保护上。

高中时，我开始参加蝴蝶与生态的调查研究，并在国际期刊上发表了关于“蝴蝶与生态”的论文。我还发挥自己英语较好的优势，担任本地专家与国外专家进行“蝴蝶与生态”学术交流时的翻译。

……

2010年2月13日，就是大年三十的下午，正在家复习古文准备高考的王正阳，收到了世界文理学院排名前三的美国斯沃斯莫尔大学的录取通知。通知书中说，大学每年将给他提供44670美元的奖学金。他放下书，躺在床上，摆出了一个“大”字，情不自禁地哈哈大笑起来。

随后，王正阳给自己申请的其他所有大学发去了中止申请的信，一方面表示感谢，一方面如实说明了自己已被斯沃斯莫尔大学录取，以及将去就读的情况。

出乎意料的是，2010年3月27日，王正阳又收到了哈佛大学寄来的录取通知书。通知书中说，大学每年将给他提供59350美元的奖学金。这比斯沃斯莫尔大学的奖学金多出14680美元。但是为了诚信，他只能忍痛割爱，将哈佛大学的录取通知书珍藏起来，作为永久的纪念。

班主任孙继良老师对于王正阳没有去顶尖的哈佛大学就读，一点也不感到惊讶。他说：“王正阳同学从不轻易承诺，可一旦承诺之后就绝不会食言。”

春华秋实经典书系

为什么王正阳能用一封申请信敲开了世界名牌大学的大门呢？

一位做了多年留学申请指导的老师评价说："王正阳的申请信，通过自己的亲身经历、转变和进步，说明了对蝴蝶的爱不是捕捉而是保护，不是占为己有而是和谐相处的道理，展示了用爱做人、为爱做事的品德和才能。这是难得一见的充满了爱心与善良的申请信，受到美国名校的青睐也就是合情合理、自然而然的事情了。"

把木梳卖给和尚

导读：

　　把木梳卖给和尚，听起来简直是一个不可能完成的任务，和尚没有头发，要木梳做什么呢？既然不需要，又怎么会买呢？在本文中，就有人成功地把木梳卖给了和尚，而且还卖了 1000 把之多，那么这个人是如何做到的呢？原来，他卖的不是木梳的实用功能，而是它的附加功能，在别人认为不可能的地方开发出了新的市场。

　　有一家效益相当好的大公司，为了进一步扩大经营规模，公司领导决定高薪招聘营销人员。广告一打出来，报名者纷至沓来，其中不乏有文凭、有能力、有人脉和有素质之人。

　　面对众多的应聘者，大公司招聘工作的负责人说："相马不如赛马。为了能选出德才兼备的高素质营销人员，我们出了一道实践性的试题：请各位想办法，把木梳尽量多地卖给和尚。"

　　对于如此招聘，绝大多数应聘者感到困惑不解，甚至感到愤怒：出家人剃度为僧，没有头发，要木梳有何用？这岂不是神经错乱，拿人开涮？没过多久，应聘者接二连三地拂袖而去，几乎散尽。最后只剩下三个应聘者：小伊、小石和小钱。

　　招聘工作的负责人对剩下的这三个应聘者交代："以 10 日为限，届时请各位将销售成果报给我。"

　　10 日期到。

　　负责人问小伊："卖出多少？"答："一把。""怎么卖的？"小伊讲述了历尽的辛苦，以及受到众和尚责骂与追打的委屈。好在下山途中遇到一个小和尚一边晒着太阳，一边使劲挠着又厚又痒的头皮。小伊灵机一动，赶忙递上了木梳。小和尚用后满心欢喜，于是买下一把。

　　负责人又问小石："卖出多少？"答："10 把。""怎么卖的？"小石说，他去了一座名山古寺。由于山高风大，进香者的头发都被吹乱了。小石找到了寺院的住持说："蓬头垢面是对佛的不敬，应在每座庙的香案前放把木梳，供善男信女梳理鬓发。"住持采纳了小石的建议。那山共有 10 座庙，于是就买下 10 把木梳。

　　负责人又问小钱："卖出多少？"答："1000 把。"负责人惊问："怎么卖的？"小钱说，他到了一个颇具盛名、香火极旺的深山宝刹，朝圣者如云，施主络绎不绝。小钱对住持说："凡来进香朝拜者，多有一颗虔诚之心，宝刹应有所回赠，以做纪念，保佑其平安吉祥，鼓励其多做善事。我有一批木梳，您的书法超群。您可在木梳上刻下'积善梳'三个字，然后便可做赠品。"住持大喜，立即买下1000把木梳，并请小钱小住几天，共同出席了首次赠送"积善梳"的仪式。得到"积善梳"的施主与香客，很是高兴，一传十，十传百，朝圣者更多，香火也更旺。这还不算完，好戏跟在后头。住持希望小钱再多卖一些不同档次的木梳，以便分层次地赠给各种类型的施主与香客。

就这样，小钱在看来没有木梳市场的地方开创出了很有潜力的市场。

……

招聘结束之后，负责人抒发了这样的感慨："如果说文凭是铜牌，能力是银牌，人脉是金牌，那素质就是王牌。在从根本上说，一个人的工作、事业和命运，主要是由其综合素质决定的。谁要想让工作、事业和命运好些，好些，再好些，谁就要下苦功夫把自身的德才素质提得高些，高些，再高些。"

春华秋实经典书系

做自己最重要的贵人

导读：

在现代社会的快节奏中，很少有人会静下心来思考思考自己的价值。其实，人可以掌握自己的命运，决定自己的价值。本文中，作者以凤凰卫视董事局主席兼行政总裁刘长乐先生与星云大师之间的对话引入主题，告诉人们凡事不要小看自己，即使渺小的水滴，也有它们自身存在的价值，我们要相信自己，做自己最重要的贵人。

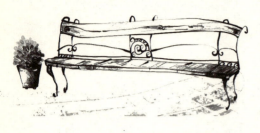

谁是对自己一生影响最大的人？谁是自己一生中最重要的贵人？这两个问题，人们有时会想到，有时也会被问到。

凤凰卫视董事局主席兼行政总裁刘长乐先生与星云大师之间的下面对话，对于思考和探讨上面两个问题，颇有启发。

刘长乐先生：请问大师，有没有什么人对您一生影响巨大？

星云大师：应该是我自己。人生自己要争气，自己不争气，光靠别人帮忙是没有用的。其实，对我一生有影响的人很多，不只是某一个人。可以说，全世界的人都对我有帮助，尤其那些与我有缘分的人，对我的影响特别大，因此不能说影响我的是某一个人。好比一颗种子，要有缘，才能成长，土地、水分、阳光、空气、肥料就是它的缘，或叫作因缘。同样地，我们的成长也要靠因缘。

刘长乐先生：在人生的事业中，有人特别会提到"贵人"提携，认为贵人会在时间上、空间上提供机遇和捷径，那么，是不是只有遇到"贵人"，我们才能成功呢？

星云大师：并不尽然。回顾我的一生，贵人在哪里？"我"就是自己的贵人！有些年轻人常说，越成长，幼时的梦想越走越远。其实，你需要的只是努力，努力，再努力，你自己也可以做自己的贵人。

求人不如求己。这个世界应该提倡自我的发展，不能老是依赖别人。人要有尊严，要图利天下，不能要求天下来图利我个人。所谓自救才能救人，才能救天下。每个人都是自己的贵人，天下人也都是自己的贵人。

春华秋实经典书系

　　贵人仅仅是缘分。你与我有缘分，对我有助力，帮助我成功，这就是贵人。你为我说了一句好话，给我指点了迷津，或者在其他地方为我结了一个善缘，助了我一臂之力，给我做了一个榜样，都是我的贵人。

　　人间充满着许许多多的因缘，每一个因缘都可能将自己推向另一个高峰，不要轻忽任何一个人，不要疏忽任何一个可以助人的机会，学习对每一个人热情以待，学习把每一件事做到完善，学习对每一个机会充满感激，相信，我们就是自己最重要的贵人。

　　谁是对自己一生影响最大的人？谁是自己一生中最重要的贵人？星云大师对这两个问题的回答都十分明确，那就是：我自己。

　　提倡做对自己影响最大的人，做自己最重要的贵人，这就是说，要以自力更生为主，以争取外援为辅。只有以自力更生为主，才能争取到更多的外援。

　　提倡做对自己影响最大的人，做自己最重要的贵人，这就是说，打铁先要自己硬，不能做扶不起来的阿斗。人要是自己不行，就会靠山山崩，靠水水流，靠人人老；人要是自己行，就能靠山吃山，靠水吃水，靠人有人。从长远和根本的眼光看，靠来靠去就会发现，最后可靠的并不是别人，而是自己。

　　一个人，如果自强不息，靠骨气挺直脊梁，靠正气树立形象，靠朝气迎来希望，靠勇气增添力量，靠志气实现理想，靠才气书写华章，靠人气团结兴旺，就会成为对自己影响最大的人，就会成为自己最重要的贵人，就会成为一个有所作为、有所奉献的人。

为一中国学员增设的特殊考场

导读：

　　一座山，如果没有经过奋斗，就不可能巍峨高大，直达云霄；一棵树，如果没有经过奋斗，就不可能枝繁叶茂，林荫蔽天；一条河，如果没有经过奋斗，就不可能气势磅礴，奔入大海；一个人，如果没有经过奋斗，就不可能意气风发，走向成功。本文为我们讲述了一个人通过努力奋斗而取得成功的故事。奋斗是成功的通行证，成功则是奋斗的结果。

　　赵新华是我的外甥，在中国石油下属某公司做财务工作，常被派往国外。

　　那年到沈阳探亲，赵新华给我讲了在委内瑞拉驻外分公司担任财务主管时参加 ACCA 考试的故事。

　　ACCA 是国际特许公认会计师公会的简称，成立于 1904 年，总部设在英国伦敦。目前，ACCA 在全球 160 多个国家和地区拥有 32 万余名会员和学员，是国际上各国学员最多、发展最快、最具权威性的国际专业会计师组织。要成为 ACCA 的会员，学员必须在 10 年内通过 14 科专业考试，并获取 3 年财务及会计相关工作经验。如果成为 ACCA 的会员，就等于拥有了在世界各地从事专业会计师工作的金字招牌和长效通行证。

　　赵新华是 ACCA 的学员，在 2005 年被派到委内瑞拉驻外分公司之前，已在北京通过了 9 科考试。遗憾的是，委内瑞拉没有考场，加上他工作脱离不开，所以无法回到北京参加那年 12 月的考试。于是，他在 10 月 15 日给 ACCA 英国伦敦总部学生代表处写了一封求助的电子邮件。邮件中写道：

　　"我请求 ACCA 总部能够帮助我创造一个机会，使我能在委内瑞拉如期参加今年 12 月的考试。我的理由如下：

　　一、ACCA 是一个全球性的会计师组织，其网络已经遍布世界各地，完全有能力考虑我这个合乎情理的要求。

　　二、委内瑞拉是一个非常重要的南美国家，也是世界生产能源的大国，其原油产量已经跃居世界第四位。这个国家无论现在和将来，都需要拥有具备国际特许会计师资格的高级财务管理人才。ACCA 总部通过在南美地区培养、发展学员，既可以使自身的发展得到提升，又可以进一步加快国际化的进程。

　　三、受教育是每一个人的权利。如果仅仅因为我的工作地点的变动，就失去了参加考试的权利，这不公平，对声望很高的ACCA组织也是一个遗憾。

　　基于以上原因，恳请ACCA总部认真考虑我的请求。我急切地盼望能尽快地得到满意的答复。谢谢！"

　　这封请求信发出了，可命运将怎样呢？赵新华显然没有把握，只能是期待，焦急地期待。出乎意料的是，发信后的第5天就收到了ACCA英国伦敦总部学生代表处的答复：

　　"你的信我们已经收到。尽管这封信的到达时间已经超过了规定报名截止时间两天，但我们愿意作为特例，予以帮助。总部已经委托负责南美地区ACCA工作人员认真处理此事，待有了结果后，他们是会与你联系的。"

　　更加出乎意料的是，第二天赵新华就收到了负责南美地区ACCA工作人员非常热情而明确的答复：

　　"现在，我们十分高兴地、十分肯定地通知你，我们专门为一个中国学员增设一个特殊考场。您12月9日的ACCA考试地点确定为：委内瑞拉首都加拉加斯的英国市政委员会。考场为：001。考号为：0001。请你如期前往考试。"

　　也许是为了防止意外，负责南美地区的ACCA工作人员接连三天，每天都给赵新华发出了同样内容的电子邮件，一而再、再而三地重复了对其考试的安排。

　　为了万无一失，也为了表示感谢，赵新华直接同英国伦敦ACCA总部通了电话，又一次核实确认了可以如期参加考试的喜讯。他在

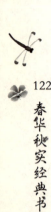

通话中表示："我非常感谢你们，非常敬佩 ACCA 总部和南美地区工作人员的负责精神和办事效率。我去考试的时候将带上相机，把考场照下来，争取与英国市政厅的考官合个影，留做纪念。我一定争取早日成为会员，一定努力为中国人争光！"

皮特·托马斯先生在 ACCA 总部接听了赵新华的电话，诚挚地说："您太客气了。其实，我们很敬佩快速发展的中国，也很赞赏中国学员刻苦学习、不畏任何困难的品质。我们所做的一切，都是应尽的职责。我们衷心地祝愿您考试顺利！"

讲完这个用一个电子邮件搞定在国外增设一个特殊考场的故事，已经成为 ACCA 会员的赵新华深有感触地说："许多原本看似不可能的事情之所以变成可能，一个重要的原因是选择了努力；许多原本看似可能的事情之所以变成不可能，一个重要的原因是选择了放弃。"

努力是将不可能变成可能的桥，放弃是将可能变成不可能的河。

第四辑　阳光心态

人生如同在大海中航行，有时风平浪静，有时波涛汹涌。大海没有礁石就击不起浪花，人不经历失败也难以成长。有人说：失败是痛苦的，因为它像烙印一样印在心里，难以挥去。但也有人说：失败是美丽的，它会为我们指引前进的方向。

　　的确，失败在弱者面前是痛苦的，但在强者面前，它却是美丽的，这关键在于你想做强者还是弱者。如果你想做一个强者，那就一定要勇敢地面对失败，时刻保持乐观的阳光心态。

　　乐观是失意后的坦然，更是平淡中的自信；乐观是挫折后的坚强，更是困苦中的从容。谁拥有乐观，谁就拥有了透视人生的眼睛。谁拥有乐观，谁就拥有艰难中敢于拼搏的精神。一个乐观、内心洒满阳光的人，他的人生旅途一定会布满鲜花，因为他会将困难踩在脚下，将坎坷当作一种历练，当作向上攀爬的天梯。他会用一双坚定的脚，迈过人生的坎坎坷坷，丈量出生命的厚重与辉煌！

帮别人即帮自己

导读：

　　俗话说："赠人玫瑰，手有余香。"帮助别人是一件很快乐的事，当我们看到在自己的帮助下，别人很顺利地度过他们的困难的时候，我们会从心里涌出一股难以言说的自豪感和幸福感，因为我们感到了自己对他人的价值。我们平时乐于帮助别人，那么在我们遇到困难时，也会有很多人愿意帮助我们。所以，帮助别人就是帮助我们自己。

在越战结束后的美国，许多人都知道一个美国士兵的故事。

他刚刚从越南打完仗回到国内，在旧金山给父母打了一个电话。

"爸爸，妈妈，我要回家了！但我想请你们帮我一个忙，我要带我的一位朋友回来。"

"当然可以。"父母兴奋地回答，"我们见到你的朋友会很高兴的。"

"但有些事必须告诉你们，"儿子继续说，"他在战斗中踩响了一个地雷，受了重伤，失去了一支胳膊和一条腿。他无处可去，我希望他能来我们家和我们一起生活。"

父母沉思了片刻说："很遗憾地听到这件事，孩子，也许我们可以帮助他另外找一个地方住下。"

"不，我希望他和我们住在一起。"儿子坚持。

"孩子，"父亲说，"你也许不完全清楚你说这些话的分量，这样一个残疾人将给我们家庭带来沉重的负担，我们不能让这种事干扰我们的生活。我想你还是赶快回家来，把这个人给忘掉，他自己会找到活路的。"

就在这个时候，儿子挂上了电话。

父母再也没有得到他们儿子的消息。然而几天后，他们突然接到旧金山警察局打来的一个电话：他们的儿子从高楼坠地而亡，警察局认为是自杀。

悲痛欲绝的父母飞往旧金山。在陈尸间里，他们惊愕地发现，他们的儿子只有一只胳膊和一条腿。

尽管他们的儿子不该用这种方式来提出自己的要求，但在这道爱的考题面前，父母回答得不圆满，失败了。这回答不及格的代价，竟是把历经千难万险从战场上活着回来的儿子推向了死亡。

这个美国士兵的悲剧，不禁使人联想到艾森豪威尔将军的一件轶事。

当时，第二次世界大战正在激烈地进行，欧洲战场打得异常惨烈。兵不厌诈，战场上的情况真是变幻莫测。

有一天，盟军统帅艾森豪威尔将军乘车回总部参加紧急军事会议。

那天大雪纷飞，滴水成冰，气温甚低，艾森豪威尔的汽车一路奔驰。忽然，他看到一对法国老夫妇坐在马路旁边，冻得瑟瑟发抖。他立即命令身旁的翻译官下车了解详情，一位参谋急忙地阻止说："我们得按时赶到总部开会，这种事还是交给当地的警方处理吧！"

人在难时拉一把，胜过送佛上西天。艾森豪威尔坚持地说："等到警方赶到的时候，这对老夫妇可能早已冻死啦！"

原来，这对老夫妇正准备去巴黎投奔自己的儿子，但因为车子抛锚，前不着村，后不着店，不知如何是好。

于是，艾森豪威尔立即把这对老夫妇请上车，特地绕道去了趟巴黎。送完这对老夫妇之后，才风驰电掣般地赶去参加紧急军事会议。

尽管艾森豪威尔根本没有行善图报的动机，然而，他的善心义举却得到了意想不到的巨大回报。原来，那天几个德国纳粹狙击兵虎视眈眈地埋伏在艾森豪威尔必须经过的那条路上。千军易得，一帅难求。如果不是因善行而改变了行车路线，他恐怕就很难躲过这场劫难。如果艾森豪威尔因遭到伏击而身亡，那么整个二战的欧洲战史就很可能会因此而改写！

"帮助别人，常常就是帮助自己。"这话虽不能理解成简单的因果报应，但从总体上看，却符合人类社会发展的客观规律。

助人的双手比祈祷的双唇更神圣。

改变自己就可能改变世界

导读：

　　改变自己是一个自我完善的过程，从根本上说是对自己的再认识和再创造。只有改变自己，才能使意志的血滴和拼搏的汗水酿成愈久弥香的琼浆，才能使不凋的希望和不灭的梦想筑成固若金汤的铁壁铜墙。所以，我们要学会改变自己。为了更长足的进步，我们要善于改变自己，这样，才能影响我们身边的人，从而才可能改变世界！

罗伯特·西奥迪尼是美国著名的心理学家，是亚利桑那州立大学的心理学教授。

有一天，他在纽约结束了全天的工作之后，乘地铁去时代广场站。当时正值下班乘车的高峰期，人流像往常一样沿着台阶蜂拥而下直奔站台。

突然，罗伯特·西奥迪尼看到一个衣衫褴褛的男子躺在台阶中间，闭着眼睛，一动不动。

赶地铁的人们都像没有看到这个男子一样，匆匆从身边走过，个别的甚至是从身上跨过，急着乘坐地铁回家。

看到这一情景，罗伯特·西奥迪尼感到非常震惊。于是，他停了下来，想看看到底发生了什么事情。就在他停下来的时候，耐人寻味的转变出现了：一些人也陆续跟着停了下来。

很快，这个男子身边聚集了一小圈关心的人。人们的同情心一下子蔓延开来，有个男人跑去给他买了食物，有位女士匆匆给他买来了水，还有一个人通知了地铁巡逻员，这个巡逻员又打电话叫来了救护车。

几分钟之后，这个男子苏醒了，一边吃着食物，一边等待着救护车的到来。

大家渐渐了解到，这个衣衫褴褛的男子只会说西班牙语，身无分文，已经饿着肚子在曼哈顿的大街上徘徊流浪了好几天。他是因为饥饿而昏倒在地铁站台台阶上的。

为什么起初人们会对这个衣衫褴褛的男子熟视无睹、漠不关心呢？

罗伯特·西奥迪尼认为，其中的一个重要原因是：在熙熙攘攘、匆匆忙忙的人流中，人们往往会陷入完全自我的状态，在忽视无关信息的同时，也忽视了周围需要帮助的人。这就像一位诗人说的那样，我们"走在嘈杂的大街上，眼睛却看不见，耳朵却听不见。"在社会学上，这种现象被称为"都市恍惚症"。

为什么后来人们对这个衣衫褴褛男子的态度会有了较大的改变呢？

罗伯特·西奥迪尼认为，其中的一个最重要原因是：因为有一个人的关注，致使情况发生了变化。当时，自己停下来，仅仅是要看一下那个处于困境的男子而已。路人却因此从"都市恍惚"中清醒过来，从而也注意到了这个男子需要帮助。在注意到他的困境后，大家开始用实际行动来帮助他。

因为看到别人的善举，而对自身的心理产生了冲击，进而引发出行善的愿望和行动，心理学上将这种变化称之为"升华"。心理学的研究证明，帮助病人、穷人或者是其他处于困境中的人，最容易引起人们的"升华"。尽管这些助人为乐的善事，不一定都是轰轰烈烈的大事，也不像诺贝尔和平奖获得者特里莎嬷嬷在加尔各答帮助贫民时那样无私。

　　从心理学家罗伯特·西奥迪尼的故事，让人联想到英国一位主教的墓志铭：

　　我年少时，意气风发，踌躇满志，当时曾梦想改变世界。但当我年事渐长，阅历增多，发现自己无力改变世界。于是，我缩小了范围，决定先改变我的国家，可这个目标还是太大了。接着我步入了中年，无奈之余，我将试图改变的对象锁定在最亲密的家人身上。但天不遂人愿，他们个个还是维持原样。当我垂垂老矣之时，终于顿悟了一个道理：我应该先改变自己，用以身作则的方式影响家人。若我能先当家人的榜样，也许下一步就能改善我的国家；再以后，我甚至可能改造整个世界。

　　不错，自己一个人先改变了，身边的一些人就可能会跟着改变；身边的一些人改变了，很多人就可能会跟着改变；很多人改变了，更多的人就可能会跟着改变……正是在这个意义上可以说，先改变自己，就可能改变世界。

春华秋实经典书系

长了三只手的男孩

导读：

人生不会总是一帆风顺，遇到困难是在所难免的。可是，不同的人对困难的应对是不同的。悲观的人很容易被困难打倒，而乐观的人，他的人生旅途一定会布满鲜花，因为他会将困难踩在脚下，将坎坷当作一种历练，当作向上攀爬的天梯。本文为我们讲述了一个男孩由悲观转向乐观，从而获得新生的故事。乐观会为我们提供能量，这能量大到足以支撑整个生命。

在巴基斯坦的白沙瓦地区，有一个男孩出生在一个贫穷的家庭。人们说他是个怪胎，因为别人生下来都是两只手，可他却是三只手，从背上多长出了一只手。

男孩的父母很伤心，很痛苦。他们忧心忡忡："这孩子这么另类，这么倒霉，这么可怜，将来怎么能走好他的漫漫人生路呢？"

父母消极、忧郁的心态，严重地影响了他，加上别的孩子经常讥笑他，他变得越来越自卑，越来越孤僻。在这种郁闷的环境中，他熬过了一天又一天，度过了自己没有欢乐的童年。

当这个男孩九岁的时候，一位记者跟他聊天时发现，他的精神几乎就要崩溃了，简直到了自杀的边缘。只要说到手，他就非常敏感，感到无地自容。任何人都别想看他的手，更不要说去摸他的手了。他怨天尤人："我太不幸了，太痛苦了，上帝太不公平了！别人只有两只手，为什么我却有三只手，叫我怎么能坦然地面对这个世界？"

这位善良的记者觉得自己有责任帮助他，便对男孩说："孩子，这是好事，是上帝多赏赐给你一只手。即使别人想要，还求之不得呢！"

男孩疑惑地说："好事？凭白无故地多了一只手，怎么会是好事呢？"

记者接着劝道："这真的是好事。你不是说别人会嘲笑你吗？其实不见得，事情不一定像你想的那么坏。如果别人要看你的那只手，你就大大方方地给他们看。你可以试一试，看看他们到底会不会嘲笑你。"

男孩将信将疑地说："好，明天我到学校里试一试，看看别人究竟会怎样对待我。"

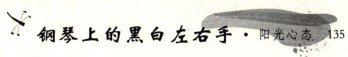

第二天，男孩到了学校，课间时跟同桌的同学说："你要不要摸摸我的这只手？"

同学说："不要，不要，我没说要摸啊！"

"不要紧，你可以摸一下。"

"什么？你再说一遍，摸一下？真的？这可是你说的，那我可要真摸啦！"充满好奇心的同学，兴奋地摸到了他的第三只手。

放学的时候，男孩干脆把衣服一脱，说："同学们！你们不是总想看看我的第三只手吗？来吧，都来看看吧，摸一摸也没关系。"

于是，几乎全班的同学都凑了过来，你摸一下，他摸一下。其他班级的同学知道后，也都跑了过来，都来看，都来摸。后来，全校的同学、老师和校长，都摸到了他的第三只手。

同学们放学回家以后，跟家长说："我摸到同学的第三只手啦！"

许多家长也很好奇："第三只手？什么样的？有机会我也去看看。"就这样，许多家长也都看了、摸了他的第三只手。

一个月以后，那个地方竟然出现一种传说："你们知道吗？那个学校里面有个男孩很神奇，背上伸出一只手。那只手可不得了，那是上帝之手！谁摸一下第三只手，谁就能心想事成！"

那位善良的记者得知想摸第三只手的人越来越多之后，就向校长建议："男孩的家境贫穷，可以借人们想摸第三只手的机会，帮助他收点费，以便完成学业。"

校长不仅愉快地接受了记者的建议，而且还亲自帮助制定了收费的标准：摸一下多少钱，拍张照片多少钱，拍录像多少钱，电视台播放一次多少钱，接受外国人采访多少钱……

两年以后，这个男孩已经小有名气了。他怀着一颗感恩的心找到了那位善良的记者,说:"您是我生命中的贵人。谢谢您对我的帮助,谢谢您帮助我发现了神奇的上帝之手。否则,我现在的处境简直难以想象。"

记者摸着男孩的头,语重心长地说:"从根本上说,人生的轨迹都是自己走出来的。如果你在灵魂深处种下一粒悲观的种子,就将收获悲观的人生轨迹;你在灵魂深处种下一粒乐观的种子,就将收获乐观的人生轨迹。"

记者说的不错,同样的一个人,同样的不幸遭遇,如果心态改变了,境遇也就会改变。谁能有什么样的命运,取决于他想要什么样的命运;谁能成为什么样的人,取决于他想做什么样的人。

春华秋实经典书系

让心境之花结出快乐之果

导读：

　　心境对一个人来说至关重要，可以说小到影响一天的生活质量，大到影响人一生的生命轨迹。健康的心境，是乐观的、积极向上的，它让我们对生活抱着友好的情感，对人生充满了寄托和期望。本文中的苏格拉底正是这样一个积极向上的人，他时刻保持着乐观的生活态度，用澄明的眼、快活的心去观看沿途的风景；用一双坚定的脚，迈过人生的坎坎坷坷，丈量出生命的厚重与辉煌！

苏格拉底是单身汉的时候，和几个朋友一起住在一间只有七八平方米的房间里，一天到晚总是乐呵呵的。

有人感到奇怪，就问苏格拉底："那么多人挤在一间小屋里，连进进出出都不方便，你有什么可乐的呢？"

苏格拉底说："朋友们经常在一起，随时都可以交换思想，交流感情，这难道还不是很值得高兴的事情吗？"

过了一段日子，朋友们一个个相继成了家，先后搬了出去，小屋里只剩下苏格拉底一个人，但他每天仍然很快活。

那人又问："现在剩下你一个人了，孤孤单单的，为什么你照样很高兴？"

苏格拉底说："我有很多书啊！一本书就是一个老师，和这么多老师在一起，时时刻刻都可以向它们请教，这怎么不令人高兴呢！"

又过了几年，苏格拉底也成了家，搬进了一座楼里。起初他家住在一楼。一楼在这座楼里的条件最差，不安静，不安全，也不卫生，上面的个别住户还老是往楼下泼污水，甚至扔死老鼠、破鞋子、臭袜子等杂七杂八的脏东西。那人见苏格拉底还是一副喜气洋洋的样子，就好奇地问："你住这样的房间，也感到很高兴吗？"

"是呀！"苏格拉底说，"住一楼有不少便利之处啊！你看，进楼就是家，不用爬楼梯；搬东西很方便，不必费很大的劲儿；朋友来访时也用不着一层楼、一层楼地去打问……特别让我满意的是，可以在楼前楼后的空地上养一丛一丛的花，种一畦一畦的菜。你说，这难道还不是乐趣吗？"

过了一年，苏格拉底把一楼的房间让给了一位朋友。因为，这位朋友家有一个偏瘫的老人，上下楼很不方便。他搬到了楼房的顶层，

每天照样快快活活。

那人揶揄地问："先生，住顶楼一定有很多好处吧？"

苏格拉底说："是啊，好处多着呢！仅举几例吧：每天上下几次，这是很好的锻炼机会，有利于身体健康；顶楼光线好，看书写文章不伤眼睛；没有人在头顶干扰，白天黑夜都非常安静……"

后来，那人遇到苏格拉底的学生柏拉图，问道："你的老师总是那么快乐，可我却感到不太理解，他所处的环境并不是很好呀？"

柏拉图说："我觉得，可以用苏格拉底老师经常对我们说的话来回答你的问题。他说过：'决定一个人快乐还是不快乐，主要的不在于环境，而在于心境。心境好，在不好的环境中也能快乐；心境不好，在好的环境中也不能快乐。'正因为我们老师总是拥有快乐的心境，所以他总是快乐的。"

其实，只要不断地修炼，苏格拉底能收获的快乐，每个人也都可以收获。每个人都可以让灿烂的心境之花，结出丰硕的快乐之果。

寻找享受

导读:

　　我们身处纷繁的世界，奋力追逐人生的目标。但我们是不是也需要时常停下来，思考一下，什么是生命中真正值得我们享受的东西？本文中，作者为我们讲述了著名教师魏书生给学生布置日记的故事，他告诉学生要把学习的过程当作一种享受，这样，才能形成爱学习的好品质。其实，在生活中值得我们享受的东西有很多，关键是看我们能否准确地找到。

魏书生老师教的学生每天都写一篇日记，从进入中学开始，一直写到毕业。说是日记，其实许多是命题作文，题目由魏老师来出。

刚入学没几天，学生问："老师，今天日记的题目是什么？"

魏老师说："写《谈学习是享受》吧！"

"学习那么苦，怎么能是享受？"

"每件事都是有一失必有一得，有一苦必有一甜。大家站在甜的一面想一想，保证有享受的感觉。"结果，这篇文章许多同学写得非常成功。

过了些天，学生又问："今天日记的题目是什么？"

魏老师说："《谈学习是享受》。"

学生喊："老师说错了，已经写过了！"

"我知道写过了，但是没有错，今天是谈学习是享受之二，换一个新的角度去论述。"

又过了些天，魏老师留的日记题目还是《谈学习是享受》。

这次没有人说老师错了，纷纷问："老师，是不是之三啊？"

魏老师说："正确。"

"老师，我们究竟还得写几篇《谈学习是享受》？"

魏老师说："请同学们注意，这是我教大家几年中最重要的一个命题，到毕业前夕老师准备让大家写完《谈学习是享受》之一百。"

"老师，为什么说这是几年中最重要的一个命题？为什么要写那么多遍？"

魏老师说："因为不同的享受观使人成为不同层次的人，所以我说这是老师教大家的第一重要的命题。吸毒是不是享受？从某个角度看，也许是享受，但那是犯法者干的事儿。赌博是不是享受？对不眠不休的赌徒来说，也许是享受，但那是赌博者干的事儿。有了点权力就吓唬吓唬老百姓，欺负欺负普通人，是不是享受？也许是享受，但那是康生、江青、王宝森这类东西们做的事。有了点权力，拿着它为老百姓多做实实在在的事，是不是享受？无疑是享受，这是咱们周总理、焦裕禄、孔繁森的享受观。许多科学家、思想家，都具有把学习、劳动、科研当成享受的品质。我是教书的，就应该把教书当作享受。"

这些年来，魏老师教的学生写过《谈预习是享受》《谈背英语单词是享受》《谈做数学题是享受》《谈写作业是享受》《谈背课文是享受》《谈写左手小楷是享受》《谈写日记是享受》《谈跑步是享受》《谈读课外书是享受》……

有一天，魏老师问学生："咱们天天到学校干什么来了？"

大家喊："享受来了！"

魏老师说："这就对了！我们生活在和平环境中，每天在学校里不愁吃、不愁穿，专心致志地学习，的确是享受。消极悲观的人觉得学习是受罪，积极乐观的人觉得学习是享受。要不断强化学习是享受的观念，想得多了，写得多了，便形成了良好的思维习惯，形成了爱学习的品质。学习优异的学生，大多享受到了学习的乐趣，把学习当成享受。现在，同学们要一百次、一千次、一万次地强化学习是享受的观念，感受学习的快乐。将来，同学们也要善于在人生的道路上寻找享受。"

后来，魏老师班里的一位同学在一篇《寻找享受》的日记中写下了这样的话："享受在哪里？我可以告诉你。她在刻苦的学习中，她在知识的海洋里；她在艰苦的劳动中，她在辛勤的耕耘里；她在奉献的人生中，她在晶莹的汗水里。"

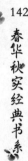

留得真迹在人间

导读：

　　罗曼·罗兰说："没有伟大的品格，就没有伟大的人，甚至也没有伟大的艺术家，伟大的行动者。"品格是一种内在的力量，它会在关键的时刻表现出来，却是在无关紧要的时刻形成的。一个人只有具备了良好的品格，才会受人尊敬。本文中，作者通过齐白石买假画的故事为我们展现了齐白石的美好品格，从中我们可以感受到齐白石的大家风范。

清晨一大早，李苦禅来到了齐白石的家中。齐白石见到自己的得意门生，自然十分高兴，但又有些纳闷。因为没有特殊情况，他一般很少来这么早。

苦禅看出了白石的心思，说："昨天我在古玩店里，看到一幅《蔬香图》，很有笔墨，不过题款的字不大像是你写的，老师是否去看看？"

白石关切地问："那笔墨怎么样？"

"笔墨不凡，确有老师的风骨。尤其是那颗白菜，实在像极了。我拿不定主意，标价又高，因此才来告诉你。"

白石不假思索地说："一起吃点早饭，陪我去看看。"

到了古玩店，昨天悬挂在墙上的那幅《蔬香图》不见了。苦禅有些着急，安顿老人在墙边的一张长椅上坐下后，赶紧去找老板。

老板姓张，三十来岁，白净脸，穿身浅灰色的长衫，笑盈盈地随着苦禅来到白石的面前。

张老板恭敬地问："老先生尊姓大名？有何见教？府上在哪里？"

苦禅刚要介绍，白石忙给了一个眼色，抢着说："我姓陈，就叫我陈老先生吧。听说你有一幅《蔬香图》，是齐白石的手迹，能否让我看看？"

"噢，你老要买画啊！"张老板堆下笑脸来，"你老请里面坐，请里面坐。"说着忙把白石搀扶进了内室。显然，这是一间供文人学士、高官巨贾购买、品鉴字画的地方。

张老板大概看出来客不是一般的人物，说："这《蔬香图》可是齐白石老先生的真迹，是他在一次盛大的宴饮之后的得意之作。"

白石心想，我很少参加什么盛大的宴饮，也很少席间作画。于是试探地问："张先生说的是哪一次的宴饮？"

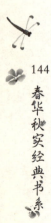

"那是今年春天，市府举行招待文化界的一次盛会，齐老先生去了。"他说得活灵活现，好像身临其境一般。

"张先生也参加了那次盛会？"

"参加了，参加了。"

"那你一定见过齐白石了？"

"我同他隔得很远，没讲话，但看见了。"

白石听了暗自发笑，又问："这幅画可是当时画的？"

"那是一点不假。这市上他老人家的假画不少，我可不做卖假画的亏心事。"他低声且神秘地说。

"那幅画呢？"

张老板开了柜，取出了一幅已经裱好了的画卷，展现在白石面前，得意地说："你老看，这才是名家的得意之作呢！"

白石同苦禅仔细地看着《蔬香图》，心里不免暗暗称奇，这伪作者的笔力不凡，技艺、笔墨十分到家。白石很佩服此件伪作竟能达到这样乱真的地步。但是，在他的眼里，真假一看就分明，这幅画毕竟是"形"似，而"神"不到。

看了一阵，白石回到了座位上，看着张老板，慢慢地问："张先生，这画标价多少？"

"不瞒你老，齐白石的画是当今一绝，非常抢手。昨天挂在外面，今天我就收了回来。你老要，价格当然好商量。"

"你给个价吧！"

张老板的右手拇指和食指伸开，做了个八字状："那你给这些。"

白石说："八千？能不能少一点。"

"这已经是最低了，不是你老，我还不出这个价呢。现在，齐白石的一幅草虫小品，还要两三千呢。"

"三千如何？"

"三千？你老开玩笑了，这我可不卖。"说罢他走到桌边，慢慢地卷起了画。

"你这画只值三千。"白石坚定地说。

"为什么？"张老板不满地转过身，反问了一句。

"因为是假的。"

张老板急了："你这老先生好不识货啊！假画？你可说出个究竟来。"他又把卷了一半的画，展了开来。

白石说："假画我见过不少，但数这幅最好，一般人看不出来。"

张老板一听，惊讶地问："先生是什么人，会鉴识画？"

白石笑了笑："会一点，尤其是自己的画。"

"这位就是齐白石先生。"苦禅脱口而出。

白石点点头，笑了起来，说："我就是齐白石。这是我的门人李苦禅。听说你这里有幅我的《蔬香图》，今天我来了。请先生原谅。"

张老板惊呆了，尴尬地站在那儿，过了一会儿忙说："小人有眼无珠，不识泰山，请先生海涵。其实，我也不懂画，是一个朋友受人之托送来的。我这店又刚开张，哪能不借你老人家的画装点门面？干这行买卖，也有我们的苦衷。"

春华秋实经典书系

白石缓和地说："你这画是多少钱买来的？"

"二千五。"

白石说："这样吧，给你三千五，我买下这张假画。不然，这样的作品流传出去，岂不坑害了别人？至于你的店，我可以为你再作些画来补偿，如何？"

　　张老板为白石合情合理的话语所感动："齐老先生，既然这样，还是二千五好了，我只收回本钱就行了，哪能多要你的呢？"

　　白石说："不必客气了，你也不容易。区区几个钱算什么！荣誉、信任，是金钱买不到的。画有画格，人有人格，店也要有店格。我虽无力管更多，但今后你店里的这类假画，我统统收购。留得真迹在人间，这是我的责任。我不能不对祖国负责，不能不对民族负责，不能不对后人负责啊！"

把草帽摘下来

导读：

　　勇敢面对现实，对于一个人来说是一件很难的事情，因为恐惧与逃避是人的天性，有多少人愿意去面对现实呢？现实往往是残酷的，但是，发生的种种现实我们虽无法改变，那我们可以通过改变自己来适应它。本文中，作者为我们讲述了韩国第17届总统李明博高中时期卖爆米花的故事。这个故事让我们懂得：偶尔的磨难只会让我们越挫越勇，在困难面前不低头，就一定会想出解决的办法。

他的家太穷。为了维持生活,他从小就帮助母亲做小买卖。穷人的孩子早当家。上高中那年,他开始做起新的生意——卖爆米花,以供学费。他卖爆米花,都是自己现做,现卖,浑身上下经常被汗和油弄得脏兮兮的。

卖了一段时间后,母亲告诉他:"女子学校门前的零食卖得最快,你应该到那里去卖。"

按照母亲的要求,他开始在女子学校门前卖爆米花。每天天刚亮,他就赶到女子学校门口,调整好火候就开始做爆米花。他做的爆米花,火候恰到好处,又好看又好吃,很受学生欢迎。

虽然生意比以前好,但他却感到很难为情。太阳出来后,他狼狈不堪的形象就毫无保留地暴露在众人面前:一双黑乎乎的手,一身不干净的校服,还有一张很疲倦的脸。他自己也知道,这副样子实在是太对不起观众了!

尽管他也在说服自己,安慰自己,但是一看到那些同龄的女生满脸幸福的样子,就感到相形见绌,抬不起头。每次碰到女生的视线,他恨不得能在地上找个洞钻进去!

有什么办法能躲避她们的视线呢?想来想去,他终于想出一个好主意:"戴上一顶大草帽。对!戴上它就能遮挡住那些女生的视线了!"尽管冬天戴草帽让人感到不自然,但为了躲避女生的视线,也实在没有别的好办法了!

因为他家住在农村,找一顶草帽是轻而易举的事。就这样,他开始戴着草帽卖爆米花。

有一天,正当他埋头卖爆米花的时候,突然背后传来了母亲的呵斥声:"你这是干什么?大冬天戴什么草帽?快把草帽摘下来!"

在熙熙攘攘的校门前被母亲大声地训斥，他感到很委屈，很没面子，不禁流下了委屈的泪水。

母亲注视着他说："孩子呀，你卖东西的时候一定要看着对方，这样才有礼貌。只有你看着对方，人家才会愿意买你的东西。你连看都不看人家，那怎么能卖好东西呢？"

母亲还特别加重语气地说："不管多么贫穷，你都要勇敢地面对现实，都要自尊、自强，决不能被贫穷压得无脸见人，垂头丧气。"

这个当年卖爆米花的孩子，叫李明博。多年以后，即2007年12月19日，他当选为第17届韩国总统。

李明博出任总统之后，在自己的回忆录中写道："多亏了母亲！多亏了母亲在大街上的教诲！母亲的教诲不仅使我勇敢地摘掉了草帽，而且使我树立起勇敢面对现实的处世原则。多年以来，我不仅一直用母亲自尊、自强的要求激励自己，而且经常用自尊、自强的要求教导我的孩子。"

倘若才华得不到承认

导读：

　　我们每个人都希望获得成功，然而，在通往成功的道路上，却逃避不了挫折，想要成功，就必须战胜挫折。本文为我们介绍了几位诺贝尔文学奖得主耐人寻味的坎坷经历。这些诺贝尔文学奖得主都有一个共同的特点，就是他们从没有在挫折面前退缩与却步，而是百折不挠地继续向前,进而取得了举世瞩目的成就。它使我们懂得：唯有经过磨炼的生命，才能累积出坚强的生命力；唯有历经风风雨雨的人，才知道生命的难得与珍贵。

每个人的人生之路都不可能是一帆风顺的，即便命运宠儿也很难例外。请看下面这些诺贝尔文学奖得主耐人寻味的坎坷经历：

叶芝，1923年诺贝尔文学奖得主，爱尔兰诗人，1895年被退回的作品是《诗集》，编辑部和出版商的评价是：读起来毫不感人，缺乏想象力，而且对人没有启迪。

萧伯纳，1925年诺贝尔文学奖得主，英国剧作家，被退回的作品是其代表作《人与超人》，编辑部和出版商的评价是：作者永远不会成为受人欢迎的流行作家，甚至连稿费也赚不到多少。

高尔斯·华绥，1932年诺贝尔文学奖得主，英国小说家，被退回的作品是其代表作《福尔赛世家》第一部，编辑部和出版商的评价是：作者写这部小书纯属自娱，全不理会广大的读者的兴趣，因此可以说毫无畅销可能。

福克纳，1949年诺贝尔文学奖得主，美国小说家，被退回的作品是其代表作之一《避难所》，编辑部和出版商的评价是：老天爷，这本书根本不值得出版。如果这本书也能出版，我们还不如一块去坐牢呢。

海明威，1954年诺贝尔文学奖得主，美国小说家，被退回的作品为短篇小说集《春潮》，编辑部和出版商的评价是：如果出版这本书，我们不仅会被视为没有眼力，甚至会被视为品质恶劣。

贝克特，1969年诺贝尔文学奖得主，爱尔兰戏剧家及小说家，被退回的作品是其小说代表作《马龙死了》，编辑部和出版商的评价是：这部小说不仅毫无意义，而且一点也不吸引人。

辛格，1978年诺贝尔文学奖得主，美国犹太小说家，被退回的作品是《在父亲那里》，编辑部和出版商的评价是：太平淡乏味了。

春华秋实经典书系

戈尔丁，1983 年诺贝尔文学奖得主，英国小说家，被退回的作品是其成名作《蝇王》，编辑部和出版商的评价是：作者未能将看起来有潜质的构思成功地发挥出来。

……

但是，这些诺贝尔文学奖得主都有一个共同的特点，就是他们从没有在挫折面前退缩与却步，而是百折不挠地继续向前，进而取得了举世瞩目的成就。他们的曲折与辉煌的经历，也许可以告诉世人：

倘若我们的才华得不到承认，与其选择生气，莫不如选择争气；生气容易导致自暴自弃，争气却能让人奋发进取。

倘若我们的才华得不到承认，与其选择抱怨，莫不如选择宽容；抱怨容易导致灰心丧气，宽容却能让人心旷神怡。

倘若我们的才华得不到承认，与其选择消极，莫不如选择积极；消极容易导致每况愈下，积极却能让人与时俱进。

倘若我们的才华得不到承认，与其选择辩解，莫不如选择超越；辩解只能证明过去，超越却能让人赢得未来。

也许我们左右不了天气，但是我们可以左右心情；也许我们改变不了他人，但是我们可以改变自己。倘若不承认我们现在是一颗星星，那何妨我们将来做一轮明月？

用委屈撑大胸怀

导读：

　　古语有云："忍一时风平浪静，退一步海阔天空。"人生难免要受些委屈和伤害，与其耿耿于怀郁郁寡欢，倒不如坦坦荡荡泰然处之。本文中，作者为我们讲述了华为公司总裁任正非忍受委屈，最终成功的故事。这其中的道理正如作者说的那样：要做一个有所成就的人，就要善于用委屈撑大自己的胸怀，进而做出令人羡慕的事业。

委屈，是每个人必须面对的考验。有的人被委屈所困扰和折磨，以至怨天尤人，甚至自暴自弃；有的人则善于用委屈撑大自己的胸怀，任劳任怨，自强不息。现任华为技术有限公司总裁的任正非，就是属于后者的一个典范。

1963 年，19 岁的任正非中学毕业后，带着父母的厚望，考入了重庆建筑工程学院。在他还差一年毕业的时候，"文化大革命"开始了。当时，他父亲在一所专科学校里任校长。尽管他父亲一向谨小慎微，兢兢业业，可还是在横扫一切牛鬼蛇神的动乱中被揪了出来，被扣上了"反动学术权威"、"走资派"和"有历史问题"等政治帽子，无辜地关进了牛棚。

任正非得知后，立即赶回老家贵州省安顺地区镇宁县看望父母。他在半夜回到家中，父母怕他受家里的牵连而影响前途，要求他一定在第二天一早就离开家。分别时，父亲一边脱下自己的一双旧皮鞋给他，一边说："记住，知识就是力量，别人不学，你要学，不要随大流。""以后有能力时要帮助弟妹。"

背负着父母的重托，任正非返回了学校。因为父亲受审查，学校里的各派"革命组织"都不批准他参加红卫兵。在武斗不断升级的险恶环境下，他将委屈化成了学习的动力。他自学了数学，把现代数学教育家樊映川的高等数学习题集从头到尾做了两遍；自学了电子计算机、数字技术、自动控制、逻辑和哲学；还自学了三门外语，当时已到可以阅读大学课本的程度。

1968 年，任正非从重庆建筑工程学院毕业后应征入伍，成了一名光荣的工程兵战士。可在他入伍之后，也受到了父亲问题的影响。尽管他历任技术员、工程师、副所长（技术副团级），但多次入党的申请一直没有被批准。在"四人帮"横行的日子里，尽管他革命加拼命地忘我工作，但一切立功、受奖的机会均与他无缘。在他领导的集体中，荣立三等功、二等功、集体二等功的战士，几乎每年都有许多，而唯独他这个领导者从未受过任何嘉奖。他经受住了一次又一次委屈的考验，习惯了不得奖也聚精会神干工作的平静生活，具备了既努力出类拔萃又不争功名利禄的良好素质。

1976 年 10 月，党中央一举粉碎了"四人帮"，任正非从此变成了得奖"暴发户"，部队与地方的各种奖励接踵而来。他一如既往地淡薄功名利禄，许多奖品都是他请别人代领的，回来后又分给了大家。

由于任正非一贯埋头苦干，有多项技术发明创造，两次填补了国家空白，因而被选为军方代表，到北京参加了 1978 年 3 月召开的全国科学大会。在出席全国科学大会的 6000 名代表中，35 岁以下的仅有 150 多人。当时他才 33 岁，也是军队代表中少有的非党人士。在兵种党委的直接关怀下，部队未等他父亲平反，就为查清他父亲的历史问题进行了外调。通过外调，部队否定了加在他父亲头上的不实之词，并把调查结论寄给他父亲所在的地方组织。他终于入了党，接着又出席了党的第十二次全国代表大会。父亲把他与党中央领导的合影照片挂在墙上，全家人都引以为自豪。

如今，任正非早已是赫赫有名的企业家，被誉为"中国最具影响力的商界领袖"。他要求自己的员工，一定要经得起委屈的考验，一定要有天降大任于是人的胸怀。他在《致新员工书》中写道："真正绝对的公平是没有的，您不能对这方面的期望值太高。但在努力者面前，机会总是均等的，只要您努力，您的主管会了解您的。要承受得起做好事反受委屈。没有一定的承受能力，今后如何能做大梁？

其实一个人的命运，就掌握在自己手上。生活的评价，是会有误差的，但决不至于黑白颠倒，差之千里。"

任正非的话很对，世上没有绝对的公平，人人都会遇到委屈。小人物有小人物的委屈，大人物有大人物的委屈。有多大的事业，就要承受多大的委屈。事业越大，委屈就越大。要做一个有所成就的人，就要善于用委屈撑大自己的胸怀，进而做出令人羡慕的事业。

怎么看自己

导读：

    感恩是一种心态，犹如口渴时饮一杯清茶，甘甜解渴，沁人心脾；感恩是春天的一场及时雨，滋润干涸的大地，也滋润每个焦躁的心灵。人生需要感恩，感恩我们现在所拥有的一切。本文中，作者为我们举了两个身残志坚的人的故事。他们虽然身体上具有缺陷，但却取得了巨大的成功，原因是他们懂得感恩，懂得珍惜自己拥有的东西。

　　黄美廉是台湾人，从小就患上了脑性麻痹症。病魔使她肢体失去平衡感，手足会时常乱动，口里也会经常念叨着模糊不清的词语，模样十分怪异。根据她的病情，医生断定她活不过 6 岁。在常人看来，她不仅失去了语言表达能力，而且失去了正常人的生活能力，至于前途与幸福，那就更无从谈起了。

　　但是，黄美廉靠着坚忍不拔的毅力和积极乐观的心态，在人生的道路上取得了一个又一个的成功。她在美国南加洲大学拿到了艺术博士的学位，多次举办了自己的画展。她坚持写作、出书，还应邀多次发表演讲。由于不能通过语言表达自己的思想，每一次演讲她总是以笔代嘴，以写代讲，所以，人们又亲昵地称之为"写讲家"。

　　在台湾台南市的一次演讲中，有一位学生问："黄老师，您从小就长成这个样子，会认为老天不公吗？在人生的旅途上，有没有怨恨？"

　　对一位患有严重残疾的黄美廉来说，这个问题实在过于尖刻。大家担心会刺伤她的心，会让她感到难堪。但是，她微微一笑转过身，用粉笔在黑板上吃力地写道："我怎么看自己？"

　　忽然，教室内鸦雀无声。黄美廉回头笑着看了看大家后，又转过身去继续写着：

　　一、我很可爱！

　　二、我的腿很长、很美！

　　三、爸爸妈妈这么爱我！

　　四、上帝这么爱我！

　　五、我会画画！我会写稿！

　　六、我有只可爱的猫！

七、还有很多的生活方式让我热爱！

…………

黄美廉又回过头来静静地看了看大家，再转过身去继续在黑板上写下了自己的结论："我只看我所拥有的，不看我没有的。"

大家安静地品味了几秒钟之后，全场响起了热烈的掌声。大家都被她那种热爱生命、不向命运屈服的精神所感动。

同黄美廉相似，英国剑桥大学应用数学及理论物理学系的终身教授斯蒂芬·威廉·霍金，也用相似的语言回答过类似的问题。

霍金是当代世界最伟大的科学家之一，被誉为"继爱因斯坦之后世界上最杰出的理论物理学家"，还被誉为"宇宙之王"。但是，他21岁时不幸患上了使肌肉萎缩的卢伽雷氏症。他被病魔永远地禁锢在轮椅上了，只有二根手指可以活动。1985年，他因患肺炎做了穿气管手术，被彻底剥夺了说话的能力。他在演讲和回答问题时，只能通过语音合成器来完成。

那是在一次学术报告结束之际，一位女记者问："霍金先生，卢伽雷氏症将您永远固定在轮椅上，您不认为命运让您失去的太多吗？"

霍金一边微笑着，一边艰难地扣击着键盘。于是，随着合成器发出标准的伦敦音，宽大的投影幕下缓慢而醒目地显示出如下一段文字："我的手指还能活动；我的大脑还能思维；我有终生追求的理想；有我以及爱我的亲人和朋友；对了，我还有一颗感恩的心……"

女记者深受感动地赞扬道："霍金不仅以自己的科学成就征服了科学界，而且以自己的拼搏精神征服了整个世界。"

不难看出，黄美廉和霍金在回答"我怎么看自己"的问题时，表现出了一个共同的特点，那就是："只看我所拥有的，不看我没有

春华秋实经典书系

的。"这实质就是用感恩心态接受自己，欣赏自己，喜爱自己，珍惜自己，努力做最好的自己，尽最大可能地回报社会。

　　感恩心态是一种处世哲学，是一种做人境界。有了感恩心态的人，就是一个知足惜福的人，就是一个友善的人，就是一个富贵的人，就是一个放弃抱怨的人，就是一个厄运无法战胜的人。

欣赏每一个人

导读:

　　欣赏是一种态度，是一种发自内心羡慕的态度。当我们读到一首清新流丽、情味隽永的小诗，或是看到一幅别有格调、神韵悠然的国画，我们都会表达出欣赏之情。其实，更值得我们欣赏的是我们人类自身，因为欣赏是人与人之间的一种理解和沟通，其中包含了信任和肯定。即使面对的是一个无名小辈甚至是满是缺点的人，也有值得我们欣赏之处。

即使是穷人，也有值得欣赏之处。

德兰修女是诺贝尔和平奖获得者。世人称赞道：她从12岁起，直到87岁去世，从来不为自己，只为受苦受难的人活着。她把一切都献给了穷人、病人、孤儿、孤独者、无家可归者和垂死临终者。她在一次演讲中说："穷人没有钱，没有地位，但不缺少互相帮助和体谅的爱心。这正是穷人的伟大之所在。只要愿意的话，我们每个人，即使是卑微的乞丐，也可以对他人献出爱心，对他人有所帮助。"

即使是无名小辈，也有值得欣赏之处。

1852年秋天，屠格涅夫在打猎时捡到一本皱巴巴的《现代人》杂志。他随手翻了几页，竟被一篇题为《童年》的小说所吸引。作者是一个初出茅庐的无名小辈，但屠格涅夫十分欣赏。他四处打听作者的住处，最后得知作者是由姑母一手抚养照顾长大的青年人。他几经周折，找到了作者的姑母，表达了自己对作者的肯定与希望。姑母很快就写信告诉侄儿："你的第一篇小说在瓦列里扬引起了很大的轰动，大名鼎鼎、写《猎人笔记》的作家屠格涅夫逢人就称赞你。他说：'这位青年人如果能继续写下去，他的前途一定不可限量！'"作者受到屠格涅夫欣赏的激励，以极大的热情投入了创作，最终成为了举世闻名的伟大作家。这位伟大的作家，就是人人皆知的列夫·托尔斯泰。

即使是坏孩子，也有值得欣赏之处。

小时候，戴尔·卡内基是一个远近出名的坏孩子。他偷偷地向邻居家的窗户扔石头，还把死兔子装进桶里放到学校的火炉里烧烤，弄得臭气熏天。他9岁那年，父亲对他的继母说："你要好好注意他，他是个坏孩子，让我头痛死了。"当继母了解了卡内基之后，反驳说："你错了，他不坏，而且很聪明，只是他的聪明还没有得到发挥。"后来，卡内基没有辜负继母的欣赏，成了美国著名的企业家和思想家。

即使是失足者，也有值得欣赏之处。

台湾作家林清玄做记者时，曾报道过一个小偷。这个小偷作案手法非常细腻，犯案成千。文章的最后，他感叹道："心思如此细密、手法那么灵巧、风格这样独特的小偷，做任何一行都会有成就的吧！"后来，当年的小偷已经是台湾一家羊肉餐馆的老板了。一次邂逅，这位老板拿出了 20 年前的那张旧报纸，诚挚地对林清玄说："我就是那个小偷，是你的那几句话引导我走上了正路。"林清玄没想到，自己几句欣赏的话，竟然改写了一个失足者的人生。

即使是被执行死刑者，也有值得欣赏之处。

黑格尔在《生活的哲学》里讲述了这样的一则故事：一个被执行死刑的青年在赴刑场时，围观的人群中有个老太太突然冒出了一句："看，他的金色的头发多么漂亮迷人啊！"那个即将告别人世的青年闻听此言，朝着老人的方向深深地鞠了一个躬，含着泪大声地说："如果周围多一些这样的人，我也许不会有今天。"

总之，每一个人都有值得欣赏之处。因为，就像任何一个伟大的人都有渺小的时刻一样，任何一个平凡的人也都有伟大的瞬间。

欣赏每一个人，其实很简单，就是要少一点挑剔，多一点理解；少一点苛刻，多一点宽容；少一点轻视，多一点尊重；少一点冷漠，多一点友善。

欣赏每一个人，不仅能成就别人，而且能提升自己。欣赏别人的谈吐，能提高我们的口才；欣赏别人的大度，能开阔我们的心胸；欣赏别人的善举，能净化我们的心灵。当我们用欣赏的眼光看待别人时，别人也会向我们投来欣赏的眼光。

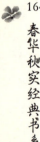

把羞辱变成激励

导读：

　　每个人的一生，都难免会有受伤的时候，伤疤会让人疼痛，但也会带给人强壮。羞辱是上天催促一个人走向成功的鞭子，我们不能因为鞭打痛苦就丧失希望，而应该清醒地看待刺激与羞辱，并以此为动力，奋发图强，走出自己的成功之路。就像本文中作者介绍的库帕那样，把曾经不堪的羞辱，变成他一生最强劲的动力。

在美国，有一位叫马丁·库帕的大学毕业生。由于找工作屡次受挫，他决定到无线电资深专家乔治的公司去试一试。

库帕见到乔治后，说出了自己的心里话："尊敬的乔治先生，我从小就是个无线电爱好者，一直非常崇拜您，很想成为贵公司的一员。如果能把我留在您的身边，当您的助手，那就更好了。当然，我并不是为了追求待遇……"

还没等库帕说完，乔治用不屑的眼神看着他，粗暴地打断了他的话："请问你是哪一年毕业的？干无线电有多长时间了？"

库帕诚实地说："我是今年刚毕业的大学生，从没干过无线电工作，但是我非常喜欢这项工作……"

乔治再次粗暴地打断了库帕："年轻人，还是请你出去吧。我不想再见到你了，也请你别再耽误我的时间了。"

原本忐忑不安的库帕，此时心情反倒平静了。他看着乔治桌子上摆满的东西，胸有成竹地说："我猜得出来，您正在研究无线移动电话。请相信我，将来在这方面也许能够帮上您。"

虽然对库帕猜出自己正在研究的项目而感到惊讶，但乔治还是觉得面前的这个年轻人还太嫩，不足以为自己所用，所以坚决地下了逐客令。

1973 年的一天，库帕站在纽约街头，手里用着一个约有两块砖头大小的无线电话，引得过路人纷纷驻足注目。他说："您好！尊敬的乔治先生，我就是曾经到您公司请求就业的那个大学毕业生——库帕。我现在是美国摩托罗拉公司的工程技术人员，正在用一部新研制的便携式无线电话同您通话……"乔治怎么也想不到，当年被自己拒之门外的年轻人，竟然先于自己研制出了无线移动电话——手机。

现在，手机早已成为人们日常生活中不可缺少的通讯工具，库

帕的赫赫大名也早已载入了史册，为人们所熟知。

有一次，记者采访库帕时问："如果当时被乔治收留，您肯定会协助乔治完成手机的研制，而这一功劳也肯定会是乔治的了，是不是？"

库帕回答说："不。如果当时乔治收留了我，我成了乔治的助手，我也许永远也研制不出现在的手机。正因为他拒绝了我，断绝了让我想向他学习的念头，所以我才重新开辟出一条研制手机的道路，并且成功了。这条成功之路的名字，就叫'羞辱'。我将乔治对我的羞辱，化成了前进的动力。如果没有这种动力，即使我跟乔治联手，也不一定能完成这项研制工作。"

2002 年 6 月 21 日，央视一套"东方之子"节目的中心人物是著名美术家韩美林。他在节目中回顾了自己的创作往事：上个世纪 80 年代，他画的小型动物国画风靡一时，颇受欢迎。当时，有人"骂"他："韩美林只会画豆腐干式的画。"他听到后并未生气，反而痛下决心，立刻转向大型画作与雕塑的创作，再也不画以往类型的画。很快，他就创作出了巨幅绘画和巨型雕塑。他取得了新的成功之后，又有人"骂"他："韩美林只会画画儿，不会写字儿，不懂书法。"他仍未动肝火，而是潜心书法创作。不久，他的书法艺术也进入一种出神入化的境界。

节目主持人问："是什么力量促使您的艺术生命如此旺盛？"

韩美林说："别人骂我时，我不把它当作是羞辱，而是当作动力和前进方向。这就好像我站在艺术创作的十字路口，不知向哪里发展，正是骂我的人给我'指'出了前进的方向。所以，我才能有今天的收获。"

其实，在人生的征途中，人人都会遭到羞辱。面对羞辱，如果把生气变成争气，把抱怨变成改变，把消极变成积极，把翻脸变成翻身，就都可以走出一条把羞辱变成激励的成功之路。

第五辑

梦想在汗水中成真

当我们走进这个纷繁的世界时，心中都藏着一个美好的梦想。为了这个梦想，我们立下坚定的信念，想凭着不屈的意志和不懈的努力去实现。然而，当我们走上自己的梦想之路时，却发现路上布满了荆棘。于是，我们懂得了梦想永远建立在执着、汗水、努力之上，付出的越多，梦想也就越容易实现。

正如威尔逊所说的那样："我们因梦想而伟大，所有的成功者都是大梦想家，在冬夜的火堆旁，在阴天的雨雾中，梦想着未来。有些人让梦想悄然绝灭，有些人则细心培育、维护，直到它安然度过困境，迎来光明和希望，而光明和希望总是降临在那些真心相信梦想一定会成真的人身上。"梦想，是浩瀚夜空中的北斗，是茫茫大海上的航灯，是漫长人生起航的码头。生命因有了梦想而更加精彩；生命因有了梦想才会变得五彩斑斓；生命因有了梦想，才会更加充实、更有意义。然而这一切的一切，都需要我们付出努力，因为，梦想只有在汗水中才会成真。

失败像一座学府

导读：

从古至今，成功与失败两个词的对立，永远都是那么鲜明。在现实生活中，失败对不同的人来说，往往也有着不同的作用。勇敢的人会化悲愤为力量，最终走向成功；而懦弱的人则会被失败所打垮，永远无法翻身。其实，失败就像人生的一座学府，我们只有在不断的失败中提取经验，吸取教训，才有可能取得成功。没有永远的成功，也没有永远的失败！

　　在美国，有一名收藏家名叫诺曼·沃特。他看到众多收藏家为收购名贵物品而不惜千金，灵机一动：为什么不收藏一些劣画呢？于是，他收购两种劣画：一种是名家的"失常之作"，另一种是价格低于5美元的无名人士的画。没多久，他便收藏了200多幅劣画。

　　1974年，他在报纸上登出广告，声称要举办首届劣画大展，目的是让年轻人在比较中学会鉴别，从而发现好画与名画的真正价值。

　　沃特的广告广为流传，成为人们茶余饭后的一个热门话题。人们争先恐后地参观，有的甚至从外地赶来。出乎人们的意料，这一画展非常成功。

　　还有一个与"劣画大展"很相似的展览，就是"失败产品陈列馆"。

　　美国有一家市场情报服务公司，其经理叫罗伯特。他酷爱收藏，共收集了7.5万件"失败产品"。后来，罗伯特又试着创办了一个"失败产品陈列馆"。这个陈列馆把许多企业和个人费尽心机研制的，又因种种原因失败的产品展示出来。参观的人络绎不绝，收获可以用爱迪生的话来概括："失败也是我所需要的，它和成功对我一样有价值。只有在我知道一切做不好的方法以后，我才知道做好一件工作的方法是什么。"罗伯特取得了意想不到的成功。

　　还有一个更让人拍案叫绝的展览，就是设在殡仪馆的"参观室"。

　　在今日美国，尽管交通管理部门、宣传媒介和学校教师不断地教育青少年切勿酒后驾车，可实际上收效不大，仍有不少青少年酒后驾车，并且由此而造成的车毁人亡的悲剧仍然频频发生。

　　为减少酒后驾车的悲剧，美国加州桑塔安纳市的市政当局试着用参观尸体的办法，来惩罚因酒后驾车而引发事故的初犯青少年，即强迫他们去"参观"因酒后驾车引发事故而丧生的人。市政当局在一家殡仪馆设置专门的"参观室"，室内停放着因酒后驾车而引发交通事故的死者尸体。那些酒后驾车的青少年"参观者"，最初大多没把这种"学习"当作一回事。但当验尸官把一具具可怕的尸体让他们"参观"时，他们一个个大为震惊，目瞪口呆。此时，一名训导官便晓之以理、动之以情地对酒后驾车的青少年进行教育：为了使自己和别人不再被抬入这可怕的停尸房，必须立即坚决杜绝酒后驾车的行为！

加州桑塔安纳市的做法，果真取得了非常理想的效果：凡"参观"过停尸房的青少年初犯者，99% 的人不敢再酒后驾车。

失败，像一座只对诚心深造的人才开放的学府。在这座失败的学府里，真理的光芒显得格外明亮，足以照耀人们化险为夷、反败为胜的道路。

在绝望中发现希望

导读：

　　人生在充满希望的同时，又时时伴随着绝望。希望与绝望的距离看起来很远，但有时也许只是一步之遥。很多人在绝望中期待奇迹的出现，也有很多人在绝望中永远地离开。其实，绝望中是有希望存在的，关键在于以怎样的心态来面对绝望。世界上并没有绝望的处境，只有对处境绝望的人。

在古希腊神话中，有一个西绪弗的故事。

有人诬陷西绪弗犯了天条，天神惩罚他降到人世间服劳役。天神对他的惩罚是：天天把一块大石头推到山顶。

西绪弗每天都费很大的力气才能把那块大石头推到山顶，然后回家休息。可是，在他休息的时候，大石头又会自动滚到山下。第二天，西绪弗还得把那块石头重新往山顶上推。这样，西绪弗所面临的厄运是：永无止境的失败。

天神惩罚西绪弗天天把大石头推上山顶，主要不是想折磨他的身体，而是要折磨他的心灵，使他在"永无止境的失败"中受苦受难受煎熬。

可是，天神的算盘打错了。西绪弗不仅从不感到绝望，而且还能在绝望中发现希望，在苦难中发现乐趣。他想：把大石头推上山顶是我的责任。只要我把石头推上山顶，我的责任就尽到了。至于石头是否会滚落下来，那不是我的事。

因此，当西绪弗奋力推大石头上山的时候，把命运当作为事业，心中显得非常平静。他不断地安慰着自己：明天还不会失业，明天还有大石头可推，明天还有希望，明天我会更加强壮。

天神因无法惩罚西绪弗，只好让他又回到了天庭。

在现实生活中，有一个肯尼的故事。

1973年12月，肯尼出生在美国宾夕法尼亚州拉昆村。当母亲看到婴儿只有半截身体时，哭得死去活来。做父亲的比较冷静，再三安慰妻子："我们要面对现实，不要绝望，生命还在，希望还在。"

肯尼1岁半的时候做了两次手术，腰以下的神经无法恢复，连坐都成了问题。医生却劝肯尼的母亲：凡事要尽量靠他自己的意志

春华秋实经典书系

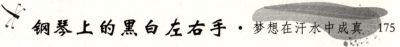

和能力去做。母亲接受了医生的忠告，尽量让肯尼料理自己的事情。数月后，肯尼竟奇迹般地坐了起来。不久，他开始尝试用双手走路。

肯尼开始上学了，每天都要装上重达6公斤的假肢和一截假胴体。坐着轮椅上厕所很不方便，每次都有同学帮助他。在这样的环境熏染下，加上几位老师的爱护，使肯尼的心灵得到极大的净化。他爱生命，爱身边的每一个人。

肯尼是个摄影迷，一有空，他就挂上相机，摇轮椅到附近公园去。他一边给人拍照，一边说："你的眼睛真漂亮，等照片洗出来我要挂在房间里做装饰。"说得姑娘们喜滋滋的。他帮妈妈买东西，有时也替邻居洗车、剪草。这对一个没有下肢的人来说，要有多大的毅力啊！

如今，肯尼已经是加拿大的小影星了。他成功地主演了影片《小兄弟》。

1988年10月，肯尼去台湾访问，在金龙奖颁奖会上，他对记者说："我在生活中没有困难，遇到困难就和大家一样，找出方法解决。"

小镇上，几乎每个人都迷恋着肯尼。有个老太太每天都站在门口，就是为了多看他一眼。

为什么人们都迷恋只有半截身体的少年肯尼呢？

肯尼的邻居乔安说："每个人都有烦恼，但是只要看到肯尼，就会觉得自己的烦恼是何等的渺小。"

还有一位邻居说："我们热爱肯尼，因为有了他，我们提高了战胜困难的勇气。我们要像肯尼那样，对生活充满自信！"

假如命运折断了希望的风帆，请不要绝望，岸还在；假如命运凋零了美丽的花瓣，请不要沉沦，春还在。生活总会有无尽的麻烦，请不要无奈，因为路还在，梦还在，阳光还在，我们还在。

想想这些人

导读：

中国有句古话叫："小时了了，大未必佳。"这句话的意思是说，小时候很聪明，长大了未必很有才华。其实，这句话反过来说也很有道理：小时候不聪明，长大了未必没有才华。本文就为我们列举了很多这样的例子。所以，我们判断一个人的情况，不能只看到开端或一时一事，更要看到结局或全部经历。

歌剧演员卡罗素以美妙的歌声享誉全球。但当初他的父母希望他能当工程师，而他的老师则说他那副嗓子是唱不好歌的。

当伟大的意大利男高音安瑞哥·卡洛斯上第一次声乐课时，老师说他的声音像吹过窗子的风声，断言他绝对没有吃这行饭的希望。

詹姆斯·厄尔·琼斯的声音是在舞台及银幕上最动听的声音之一，被评为拥有最美丽声音的 10 个演员之一。但从九岁到十几岁，他备受口吃的折磨，只能用笔跟老师和同学沟通。一个高中英文老师给了他所需要的帮助，使他克服了口吃的毛病。

彼得·丹尼尔在小学四年级时常遭任课老师菲利浦太太的责怪，甚至是挖苦："彼得，你功课不好，脑袋不行，将来别想有什么出息！"直到 26 岁，彼得仍然不识几个大字。有一次，一位朋友给他念了一篇《思考才能致富》的文章，使他受到相当大的启示。后来，他业绩斐然，成就辉煌，买下了当初他经常打架闹事的街道，并且出版了一本书：《菲利浦太太，您错了》。

剧作家田纳西·威廉斯在华盛顿大学选读英文时，曾以《我，瓦沙》一剧参加班级比赛。落选后威廉斯十分不服，指责"裁判没有眼光，不识好货"，因而受到了老师的严厉批评。

罗丹的父亲曾怨叹自己有个白痴儿子。在众人眼中，他曾是个前途无"亮"的学生，艺术学院考了 3 次还考不进去。他的叔叔曾绝望地说：孺子不可教也。

贝多芬学拉小提琴时，技术并不高明。他宁可拉自己作的曲子，也不肯做技巧上的改善。他的老师说他绝不是当作曲家的料。

《战争与和平》的作者托尔斯泰，大学时因成绩太差而被勒令退学。老师认为他既没读书的头脑，又缺乏学习的意愿。

奥地利植物学家葛瑞格·孟德尔，其关于豌豆的实验是现代遗传科学的重要一笔，但他高中生物学的成绩却考得太差。

法国化学家巴斯德在大学时表现并不突出，化学成绩在22人中排第15名。

发表《进化论》的达尔文当年决定放弃行医时，遭到父亲的斥责："你放着正经事不干，整天只管打猎、捉狗、捉耗子的闲事。"另外，达尔文在自传上写道："小时候，所有老师和长辈都认为我资质平庸。聪明？我是沾不上边的事。"

由祖父母抚养长大的艾萨克·牛顿，是个早产儿，很早就离开了学校教育，丝毫不能胜任农场上的工作。然而，他却成为科学史上最伟大的人物之一。

爱因斯坦4岁才会说话，7岁才会认字。老师给他的评语是："反应迟钝，不合群，满脑子不切实际的幻想。"他曾遭到退学的命运，在申请苏黎世技术学院学习时，也被拒绝。

爱迪生小时候学习成绩经常在全班倒数第一，教他的老师认为他是"一个愚笨的、昏庸的蠢货"。爱迪生先后发明了电灯、电报机、留声机、放映机、电影摄像机等等，他一生共有2500多项专利。正是这个被老师称为笨学生的人，开创了人类现代发明的新纪元。爱迪生去世后，美国总统胡佛噙满热泪，在他的葬礼上致词说："所有的美

国人，所有在我们这个星球上的人，都是爱迪生的受惠者！"

丘吉尔小学六年级曾遭留级，他的前半生也充满失败与挫折。直到 62 岁时，他才当上英国首相，以"老人"的姿态开始有一番作为。

想想这些人，不是要否定很多大有作为的杰出人物在小时候就相当出类拔萃，更不是要说明大有作为的杰出人物小时候必定平庸无奇。

想想这些人，是要说明很多小时候平庸无奇的人，后来也成长为大有作为的杰出人物；是要说明事之至难莫如知人，事之至大莫如知人；是要说明良玉未剖与瓦石相类，名骥不驰与驽马相杂；是要说明岁不寒无以知松柏，事不难无以识君子；是要说明我们判断一个人的情况，不能只看到开端或一时一事，更要看到结局或全部经历。

即使命运给了我们一个酸的柠檬，我们也要设法把它制成甜的柠檬汁。

梦想如鸡蛋

导读：

　　每个人都有梦想。如果失去了梦想也就失去了生活的乐趣和前进的动力。因为有梦想，我们才会扬起风帆努力去追求。但是，梦想是需要我们付诸行动的，如果不行动，那梦想就永远只能是梦想，不能变成现实。本文中，作者为我们讲述了纽约百老汇著名演员安东尼·吉娜成功路上的一段难忘经历。有了梦想就要立刻行动，否则梦想也会腐烂变质。

安东尼·吉娜是美国纽约百老汇极负盛名的演员。不久前她在美国电视台著名的脱口秀节目《快乐说》中，讲述了自己成功路上最难忘的一段经历。

在大学读书时，吉娜是学校艺术团的歌剧演员，参加了一次校际演讲比赛。她演讲的题目是《璀璨的梦想》。她在演讲中说："大学毕业以后，先去欧洲旅游一年，增加自己的阅历，然后到纽约百老汇发展，实现自己成为一名优秀演员的梦想……"她声情并茂的演讲，卓而不凡的风度，赢得了所有师生的多次喝彩，并一举夺魁。

当天下午，吉娜的心理学老师找到她，对她说："你是一个很有才华、很有发展潜力的学生。"紧接着就提了一个尖锐的问题："你现在就去百老汇，跟毕业一年以后去究竟有什么差别？"

吉娜仔细一想："是呀，大学生活并不能帮我争取到在百老汇的工作机会。应该先去试一试，即使失败了，我还可以返回学校继续学习。"于是，吉娜决定，一年之后就去百老汇闯荡，而不是等到毕业一年以后再去。

这时，老师又问道："你现在就去跟一年以后去究竟有什么不同？"

吉娜思考了一会儿，对老师说："那下学期就出发。"

老师紧追不舍地问："你现在就去跟下学期去究竟有什么不一样？"

吉娜简直有些眩晕了，想想百老汇金碧辉煌的舞台，想想在睡梦中萦绕不绝的红舞鞋……她终于决定下个月就前往百老汇。

老师乘胜追击地问："你现在就去跟一个月以后去究竟有什么两样？"

吉娜激动不已，也情不自禁地说："好，给我一个星期的时间准备一下，我很快就出发。"

老师步步紧逼："所有的生活用品在百老汇都能买到，你现在就去跟一个星期以后去究竟有什么区别？"

吉娜终于热泪盈眶地说："好，我明天就去。"

老师赞许地点点头，说："好！我已经帮你订好了明天的机票。有个朋友告诉我，百老汇正在招聘演员，你不要错过这次机会。"同时，老师还送给她一个精美的笔记本，并在扉页上写下了一段赠言。

第二天，吉娜就飞赴全世界最著名的艺术殿堂——美国百老汇。正如老师告诉她的那样，百老汇的一个制片人正在酝酿一部经典剧目，几百名各国艺术家踊跃应聘主角。按当时的应聘规矩，先挑出十个左右的候选人，然后让他们每人按剧本的要求表演一段主角的念白。这就意味着，只有经过两轮艰苦角逐之后的优胜者，才能从几百名各国艺术家中脱颖而出。

吉娜到了纽约后，没有急于去漂染头发，也没有去购买靓衫，而是费尽周折从一个化妆师手里搞到了即将排演的剧本。然后，她闭门苦读，悄悄演练。

正式面试那天，吉娜是第48个出场。当制片人要她说说自己的表演经历时，她粲然一笑，说："我可以给您表演一段原来在学校排演过的剧目吗？就一分钟。"制片人首肯了，大概是不愿让这个热爱艺术的青年失望。

当制片人发现吉娜是在表演剧本中女主角的念白时，不禁惊呆了。她的表演是那样的投入与真挚，是那样的惟妙惟肖。制片人当机立断，一锤定音：结束面试，主角非吉娜莫属。就这样，她穿上了人生的第一双红舞鞋。

电视台的节目主持人在结束《快乐说》之前，向观众展示了吉娜珍藏多年的笔记本，就是心理学老师在她到百老汇之前送给她的那个精美笔记本，并朗读了老师在扉页上写下的赠言：

　　"在出发之前，梦想永远只是梦想。只有上了路，梦想才会变成挑战。也只有经过挑战，梦想才会实现。如果说梦想是可贵的，那么不失时机地挑战梦想就更可贵。梦想如鸡蛋，如果不及时孵化，就会腐败变臭。"

幸运属于超越自我的人

导读：

　　人生最难超越的便是自己，但最应该超越的也是自己。只有不断超越自我的人，才是一个真正聪明人。人生在世，每个人都有自己的独特的禀性和天赋，都有自己实现人生价值的切入点。我们只要按照自己的禀赋发展自己，不断地超越心灵的屏障，便不会因为忽略了自己生命中的太阳，而湮没在他人的光辉里。

　　不少人说，杨澜太幸运了，上天太偏爱她了，让她拥有了美貌、智慧与财富。但从长远上看，从根本上看，一个人的幸运，与其说是上天的偏爱，倒不如说是不断超越自我的结果。看看杨澜的四次超越自我，也许不无启示。

　　第一次超越自我，是从大学生到央视节目主持人。

　　1990 年 2 月，中央电视台《正大综艺》节目在全国范围内招聘主持人，杨澜当时是北京外语学院的一名大学生。但是，由于她长得不是太漂亮，在第六次试镜时还只是"被考虑范围之列"的人选之一。她知道后问导演："为什么非得只找一个特别漂亮的女主持人，是不是给男主持人做陪衬的？如果我能有这个机会的话，自己就希望做一个聪明的主持人。""我不是很漂亮，但我很有气质。"这些话打动了导演，她毕业后正式成为《正大综艺》节目的主持人。

　　进入央视后，杨澜以其自然清新的风格，落落大方的台风，以及出众的才气，迅速脱颖而出，获得了"十佳"电视节目主持人、金话筒奖等。

　　有自知之明的杨澜认识到，尽管四年央视主持人的职业生涯，开阔了眼界，并有所成就，但这都与得天独厚的央视殿堂密不可分。她觉得自己缺乏坚实的基础，感到特别不踏实。于是，她酝酿去读书深造，把自己的基础打牢。

　　第二次超越自我，是从央视节目主持人到美国留学生。

　　1994 年，当人们纷纷赞叹杨澜的主持成就时，她却激流勇退，做出了一个令人惊讶的决定：辞去人人羡慕的央视工作，去美国留学。

　　26 岁的杨澜远赴美国哥伦比亚大学，就读国际传媒专业。在异国他乡的学习生活，比想象的还要艰苦些。比如有一次她写论文，写到凌晨两点钟，好不容易敲完了。突然，电脑死机了，可她还没有来得及存盘。宿舍很静，除了她的哭声，只有宿舍管道里老鼠爬来爬去的声音。她擦干眼泪，重新把论文写完。

杨澜除了抓紧时间学好专业功课之外，还用课余时间与上海东方电视台联合制作了《杨澜视线》——一个关于美国政治、经济、社会和文化的专题节目。她同时担当策划、制片、撰稿和主持的角色，实现了自己从最底层"垒砖头"的想法。40集的《杨澜视线》发行到国内52个省市电视台，她实现了从一个娱乐节目主持人向复合型传媒人才的转变。

第三次超越自我，是从美国留学生到凤凰卫视主持人。

1997年回国后，杨澜开始寻找适合自己的机会。当时，凤凰卫视中文台刚刚成立，她果断地加盟其中。

其实，在凤凰卫视杨澜已经不仅仅是个一般的主持人，而且还是《杨澜工作室》的当家人。1998年1月，《杨澜工作室》正式开播。她自己做选题，自己负责预算，组里所有的柴米油盐都必须精打细算。这是非常好的锻炼，她学会了用最低的经费，如何将节目做得好些、再好些。

在凤凰卫视两年的时间里，杨澜一共采访了120多位名人，不少人在节目之后仍和她保持密切的联系。这些重量级的人物不仅给了她许多具体的帮助，而且在精神上对她的帮助也是巨大的，有力地支持了她的职业发展。与此同时，她与来自不同行业、不同背景的嘉宾交流，也使她大开眼界，见多识广。

在凤凰卫视的两年，杨澜有了质的变化和超越。她拥有了世界级的知名度，丰富的传媒工作经验，以及重量级名人的人脉资源，

春华秋实经典书系

为未来发展预留了广阔空间。

第四次超越自我，是从凤凰卫视主持人到阳光卫视的当家人。

1999 年 10 月，杨澜辞去了凤凰卫视的工作，其后曾有几个月的沉寂。2000 年 3 月，她在爱人的帮助下突然决定，收购良记集团，更名为阳光文化网络电视控股有限公司，成功地借壳上市。她投身商界，并不仅仅是为了赚钱，更是为了实现过去未能实现的媒体理念。

但杨澜投身商界创业不久，就遇到了全球范围内的经济不景气。由于市场竞争的压力，她将公司的成本锐减了一半，并逐渐剥离了亏损严重的卫星电视与香港报纸出版业务，同时将自己的工资减到了原来的 40%。

2001 年夏，杨澜作为北京申奥的"形象大使"，成功地参加了在莫斯科的申奥活动。同年，她的"阳光文化"接收了中国最大的门户网站之一——新浪网，开创了网络和电视相结合的时代；又与四通合作成立"阳光四通"，开始进军网络业和 IT 业。

2003 年，阳光文化摆脱了近两年的亏损，取得了盈利。之后，阳光文化正式更名为阳光体育。此刻杨澜宣布：辞去董事局主席的职务，全身心地投入到了文化电视节目的制作中。

……

杨澜的事业还在发展，超越自我也还在继续。我们还是听听她关于幸运的感悟或忠告吧："我遇到的困难并不比别人少，因为没有一件事是轻而易举的，需要经历的磨难委屈，一样儿也少不了。""一次幸运并不可能带给一个人一辈子好运，人生还需要规划和超越自我。"

杨澜并不是要否认自己的幸运，而是在强调：只有不断超越自我的人，才会有持久的幸运。幸运，永远属于不断超越自我的人。

成为总统主治医的落榜生

导读：

　　马克·吐温曾说："只凭一句赞美的话，我就可以快乐两个月。"的确，人生有时候就会因为一句赞美的话语而显得绚丽多彩。赞美可以让平凡的生活变得美丽，更能够激发人的自豪感和上进心。从教育的角度上来说，对孩子最好的鼓励便是赞美。本文中的申贤戴在屡次落榜之后仍然能重新振作起来，并找到真正适合自己的专业，就是由于母亲的鼓励与赞美。

他的爷爷、父亲和叔叔都是中医，家境很好，从小就没吃过苦，过着无忧无虑的生活。他在高中时的学习成绩还算可以，对未来充满了抱负。高考前，他并没有仔细考虑自己喜欢什么，或是适合什么，就报考了看起来很风光、很体面的首尔大学商学院。他梦想成为商人，结果却落榜了。对于从没尝过失败滋味的他来说，这无疑是个沉重的打击。

　　他很要面子，决心即使是复读也要考进首尔大学。于是，他去"良英补习学校"报名。当时没能考取首尔大学的学生，几乎都从四面八方聚集到这里来复读。他参加了入学考试，结果又落榜了。

　　没能考入良英补习学校，比没考上首尔大学更让他痛苦不堪。他别无选择，只好考入一个普通的补习学校，开始了复读生活。他没有因为两次考试落榜而发奋努力，而是边玩边学地混过了一年。其间他以辛苦为借口，回家待了一个月，每天喝父母煎好的补药。

　　一年后，他再次报考首尔大学，同样名落孙山。他很悲观，觉得自己一无是处，再也没脸面对家人，每天长吁短叹。

　　期待捷报的家人，看到他一副灰心丧气的样子，谁也没有抱怨，母亲还拥抱了他。母亲说："没什么好担心的。就算比别人晚一两年上大学，也不能说明你比别人差。再说你身边还有我们啊，家人永远是守护你的篱笆，你就放心地去找你想做的事吧。"

　　母亲拥抱已经长大成人的孩子，温暖、安慰了他那惭愧无比的心。他一心想尽快结束这种可怕的复读生活，于是考入了大邱的一所地方大学。

　　在大学的生活并不愉快，因为他梦想成为商人，却对攻读经营学没有多大的兴趣。母亲看透了他的心思，耐心地说："人只有在做自己想做的事时，才会开心，才会发挥出自己的才能。你从小就很喜欢帮助和照顾别人，头脑聪明，心肠又热。再说，你不是经常帮爷爷和爸爸做事吗？治病的根本是为别人着想，我想你应该有自己的路要走。"

他心领神会，母亲说的"自己的路"，其实就是做中医。以前他曾认为，中医整天窝在药房里替人把脉抓药，没有出息，并多次表示绝对不当中医。由于他强硬的态度，家人也从未对他说过"你要成为中医"之类的话。但这次听了母亲的一席话，他忽然产生了想当中医的念头。正如母亲所说，他从小就经常把家境困难或成绩落后的同学叫到家里来，一起吃饭，一起学习，这种助人为乐的品质，就是做个好医生的基本潜质。

他果断地办了休学手续，没太费劲就考上了庆熙大学的中医学院。尽管当时中医不是热门，但他找到了自己喜欢的专业。他尝到了学习中医的无穷乐趣，再也不羡慕首尔大学的学生了。母亲说的"你是个热心肠"，"应该有自己的路"，成了他刻苦学习的动力，给了他战胜一切困难的勇气和力量。

中医学院毕业之后，他告诫自己，只有没出息的人，没有没出息的工作。减轻患者的苦痛是自己的责任，必须精益求精地做好本质工作。他的医术与品德，逐渐得到了普遍的认可与赞誉。

这个曾经连续三次落榜的人，叫申贤戴。后来，他成了庆熙大学中医学院的教授、院长。韩国从卢武玄总统开始建立了中医主治医制度，他成了韩国有史以来的第一任为总统健康负责的中医主治医师。

申贤戴在回忆自己的成长经历时说："要让孩子身心健康地成长，最好的补药就是赞美。不管是山参还是人参，没有什么药能比得上一句赞美的话啊。"

管好自己的每一天

导读：

  当今世界上，最难管的便是人。其实，最难管的人不是别人，而是自己，因为人有时候往往会身不由己。古今中外的贤人都会用"每日三省吾身"的办法来管好自己的每一天。本文中，作者为我们列举了几个"管好自己每一天"的名人的例子。的确，如果连自己的每一天都管理不好，又如何来为自己的一生做一个好的规划呢？

古今中外，无论是伟人还是凡人，只要是有所进步、有所成就、有所作为的人，都非常善于管好自己的每一天。

上承孔子之道，下启思孟学派的曾子，用"每日三省吾身"来管好自己的每一天。他说："吾日三省吾身：为人谋而不忠乎？与朋友交而不信乎？传不习乎？"意思是："我每天必定用三件事反省自己：替人谋事有没有不尽心尽力的地方？与朋友交往是不是有不诚信之处？师长传授的学问有没有复习？"

美国的著名政治家、外交家、发明家富兰克林，用"每日的十三条生活准则"来管好自己的每一天。其具体内容是：1.节制——食不过饱，饮不过量。2.寡言——除对别人或自己有益的话之外，不多说话，避免对人说空话。3.秩序——用过的东西归还原处，做事情井然有序。4.果断——该做的事，坚决执行；决定履行的，务必完成。5.节约——不乱花钱，切戒浪费。6.勤奋——不浪费时间，经常从事有意义的事情。7.诚实——不欺诈，心地坦白，言行一致。8.公正——不侵害别人，不因自己的失职，而使人遭受损失。9.中庸——避免极端，责人从宽。10.整洁——身体、衣服以及居住的地方，保持整洁。11.沉着——遇事不慌乱。12.贞洁——端正言行，不损害自己的或别人的声誉。13.谦虚——学习先哲的谦逊精神。他每天临睡前，总要对照"每日的十三条生活准则"逐条检查自己的思想与言行。

伟大的科学家、思想家爱因斯坦，用"每日的提醒"来管好自己的每一天。他说："我每天上百次地提醒自己，我的精神生活和物质生活都依靠别人（包括活着的人和死去的人）的劳动；我必须尽力以同样的分量来报偿我领受了的和至今还在领受的东西；我强烈地向往着俭朴的生活，并且常为感觉自己占有了同胞们过多的劳动而难以忍受。"

　　著名教育家、思想家陶行知,用"每日四问"来管好自己的每一天。其具体内容是:第一问:我的身体有没有进步? 第二问:我的学问有没有进步? 第三问:我的工作有没有进步? 第四问:我的道德有没有进步?

　　一家连锁超市的普通打包员约翰,用"每日一得"来管好自己的每一天。他每天晚上都把学习到的名言警句用"每日一得"的形式打印出来,并在其背面签上自己的名字。当第二天给顾客打包时,他就把温馨、有趣、引人深思的"每日一得"纸条放入顾客的购物袋中。没过多久,奇迹出现了:一天,连锁店总经理到店里例行巡视,发现在约翰结账台前排队的顾客竟然比其他台前的多出3倍。总经理大声喊道:"不要都挤在一个地方,请分散到其他结账台前排队。"但是,没有顾客走开。有的顾客说:"我们排约翰的队,是因为我们想要他的'每日一得'。"有的顾客说:"过去我一个星期才来一次商店,现在只要从这里路过就会进来。"

　　……

为什么古今中外的出类拔萃者都能从各自的实际出发，格外重视管好自己的每一天呢？

　　因为现代管理科学认为，不论对于处在何种位置的人来说，最难也最值得投放精力的，不是管好别人，而是管好自己，特别是管好自己的每一天。

　　因为不管好自己的每一天，就很难管好自己的每一月，就很难管好自己的每一年，就很难管好自己的一生。

　　因为不能管好自己的每一天，得过且过，不思进取，就不能管理好他人。其身不正，虽令不从。正如德国著名哲学家尼采所说："无法命令自己的人，只能听命于他人。"

在嘲笑中走向成功

导读：

　　每个人都会有几个看起来不切实际的梦想。在我们为这些看似不切实际的梦想而努力奋斗的时候，不要害怕受到别人的嘲笑，有头脑的人不会因为受到嘲笑而改变主意，因为他坚信：真正有价值的东西，要通过时间来慢慢体现，也会在嘲笑中渐渐升值。被嘲笑的梦想，如果不放弃，往往会迎来实现的那一天，让曾经嘲笑过你的人目瞪口呆。

达尼埃尔·谢赫特曼是以色列科学家。他 1941 年生于以色列特拉维夫的一个乡村，父母都是农民；1972 年在以色列工学院获得博士学位，并留校任教。

由于谢赫特曼习惯用怀疑的眼光审视一切，因而在工作和生活中也就难免与他人产生磕磕碰碰。或者说，他过得不是那么如意，甚至有人嘲笑他是个疯子。

1982 年，41 岁的谢赫特曼在美国霍普金斯大学从事研究工作。这年 4 月 8 日，他在大学的实验室里用电子显微镜观察铝锰合金时，意外地发现了一种特殊的固体物质。他异常兴奋，把这种固体物质命名为"准晶体"。

谢赫特曼把自己的新发现告诉了同事，但没有人理解，更没有人相信。他不但没有得到与同事分享惊喜的欢乐，反而遭到了无情的嘲笑。因为，在传统理论看来，固体物质只有两种存在形式，要么是晶体，要么是非晶体，不可能有第三种。这就是说，根本不可能有什么"准晶体"的存在形式。

谢赫特曼千方百计地试图说服同事，"准晶体"确实是客观存在的事实。但几个月过去了，一切皆是徒劳，不仅没人愿意听他的解释，反而嘲笑他是个疯子。实验室的主管走到他面前，把一本书放在桌子上，不屑地说："你为什么不读读这个？你所说的新发现是完全违背科学基本常识的，是绝对不可能存在的。"更令人意想不到的是，他竟然被要求离开霍普金斯大学的研究小组。

一年之后，无奈的谢赫特曼返回了以色列工学院，开始与材料学专家伊兰·布勒希一道继续从事对"准晶体"的研究。可是，他依然没有摆脱被嘲笑的命运。有的人甚至指着他的鼻子说："本想你

春华秋实经典书系

这个疯子去了美国，我们可以安静些了，没想到疯子还是被遣回了。"

1984 年，谢赫特曼、布勒希二人同美国科学家约翰·卡恩、法国晶体学家丹尼斯·格拉蒂亚斯合作撰写了论文，详细地描述了制出"准晶体"的具体方法。

争取发表这篇论文的过程很不顺利，众多的科学杂志都拒绝了它。一些编辑甚至嘲笑说："我们不需要如此无聊的论文，不需要违背'科学常识'的论文。"

经过不懈的努力，这篇论文总算在一家小刊物上发表了。论文发表后，立即在化学界引起了轩然大波。一些学术权威公开站出来质疑谢赫特曼的新发现。比如美国的著名化学家、两届诺贝尔奖得主莱纳斯·波林，在一场新闻发布会上嘲笑道："谢赫特曼是在胡言乱语，世界上没有什么'准晶体'，只有'准科学家'。"一些高校的老师还以这篇论文为例，教育学生要尊重"科学常识"，不要胡思乱想，不要做不学无术的"伪科学家"。只有这样，才不会被嘲笑。显而易见，这篇论文根本没有改变科学家们对"准晶体"理论的否定态度。

实践检验真理，时间解决问题。在经受了近 30 年的嘲笑之后，"准晶体"理论终于得到了全世界最权威科学家们的一致认可，谢赫特曼也因此成为 2011 年的诺贝尔化学奖得主。他一人独享了 1000 万瑞典克朗奖金，约合 146 万美元。

2011 年 10 月 5 日，诺贝尔化学奖评选委员会主席拉尔斯·特兰德等人在解释谢赫特曼获奖原因时说，他首次在电子显微镜中观察到一种"反常理"的现象——铝合金中的原子是以一种不重复的非周期性对称有序方式排列的。按照当时的理论，具有此种原子排列方式的固体物质是不存在的。因此，他的发现在当时引起了极大争议。

为了维护自己的发现，他被迫离开当时的研究小组，但这一发现促使科学家开始重新思考对物质结构的认识。

美国化学协会主席纳西·杰克逊说："他的发现勇敢地挑战了当时的权威体系，是科学界最伟大的发现之一。当然，那时的人们认为'准晶体'违反了'科学常识'，难以接受它的存在。"

瑞典斯德哥尔摩大学有机结构化学教授邹晓冬在接受新华社记者采访时说，"准晶体"材料硬度很高，不易损伤，使用寿命长，加上具有无黏着力和导热性较差的特性，适合制造眼外科手术用的微细针头、刀具等，还适合制造不粘锅具、柴油发动机等，有广泛的应用前景，将极大地改善人类的生活。

瑞典斯德哥尔摩大学生物物理学教授阿斯特丽德·格雷斯隆德告诉路透社记者："现在，我们需要重写所有与晶体相关的教科书了。"

有自信就不怕嘲笑。已是古稀之年的谢赫特曼在发表获奖感言时说："科学需要质疑，任何新事物的发现，难免要遭受误解甚至嘲笑，经受了嘲笑而笑到最后，也就成功了。"

从根本上说，这个世界并不掌握在那些嘲笑者的手中，而是掌握在那些能够经受住嘲笑且勇往直前者的手中。

春华秋实经典书系